Adolfo de Luca

Racconti di San Biagio

e altre narrazioni naïve intorno alla città dei pazzi

ALBUM EDITORI

Titolo: Racconti di San Biagio
Autore: Adolfo de Luca

Prima edizione: giugno 2023

Impaginazione a cura di Antonella Monterisi, www.amservizieditoria.com

A.D. 2023

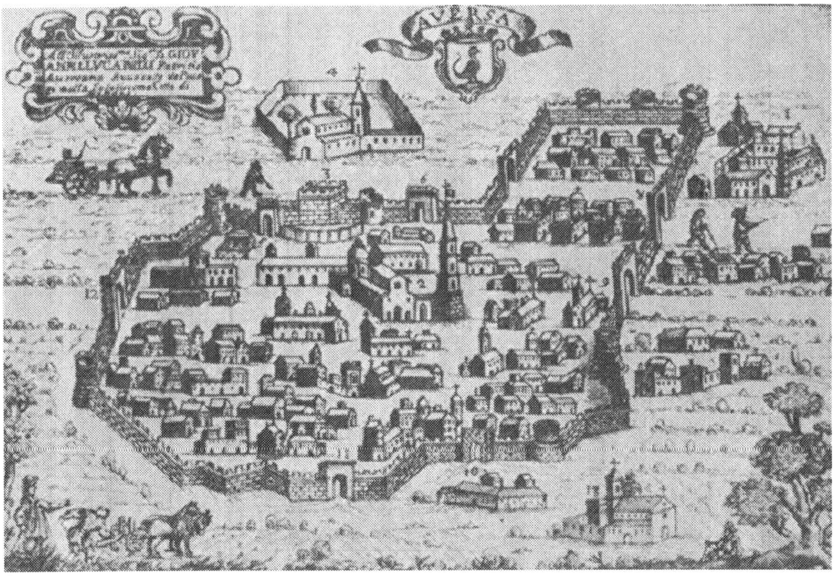

PREMESSA

Sono stato un bambino cresciuto a forza di storie. A volte subite e a volte sognante. Le storie della mia città e della mia terra in generale, si sposano con il basolato delle strade e il tufo giallo dei muri dei vecchi palazzi, la parietaria e gli odori tipici del meridione.

La mia è stata, molto probabilmente, l'ultima generazione di famiglie estese che si riunivano la domenica e per le feste comandate in grandi tavolate a mangiare e a parlare e dove ognuno aveva qualcosa da raccontare.

Di solito lo facevano solo i grandi. Ai bambini e ai ragazzi toccava stare seduti e ascoltare. Ci si spaventava o si rideva, ci si commuoveva o ci si arrabbiava. Si materializzavano, così, in racconti buffi e *fattarielli* divertenti, personaggi comici e simpatici, ma anche alcuni cattivi, meschini o spettrali in storie drammatiche in veri e propri racconti di paura. Come i tedeschi di mia nonna, il palazzinaro, l'ipotetico lupo mannaro di mio padre, la regina pazza che si aggiravano per San Biagio e così via. Questa magia avveniva perché quegli oratori avevano un dono naturale ed erano incredibilmente bravi e talentuosi. Dominavano la scena con una tecnica narrativa sopraffina e inimitabile. Pur avendo fatto svariati corsi di teatro e occupandomi un po' di storytelling, non sono mai riuscito a colmare questa lacuna. Allora ho deciso di riscrivere alcuni di quei racconti, reinventandoli oppure di inventarne altri, pensando e partendo sempre, in qualche modo, dal luogo dove tutto ha avuto inizio e scavando nella mia memoria tra fatti, storie, luoghi e situazioni tipiche della mia terra.

In questo personale processo di mitopoiesi, la memoria vissuta della mia città e delle sue storie ha in mezzo una specie di solco, una linea di demarcazione ben precisa: il prima e il dopo terremoto. A cominciare dal 23 novembre 1980 la realtà intorno a me prese una brutta piega e divenne sempre più insopportabile. I ponteggi e i supporti sugli antichi edifici lesionati dal sisma facevano sembrare la città un luogo decrepito, buio e opprimente. Si andavano ad aggiungere ad alcuni danni ancora visibili della guerra di quasi 40 anni prima e all'abbandono e l'incuria, cui questa terra sembra irrimediabilmente condannata. Dopodiché arrivarono pure i morti ammazzati, la violenza, il business della ricostruzione, la cupidigia della politica corrotta. Certi soggetti non aspettavano altro che poter rivivere i fasti e le devastazioni del boom economico. Io invece, a soli 12 anni sapevo che un giorno sarei scappato via. Nel 1990 (*) finalmente misi a segno il mio piano di fuga, ma in realtà fu solo l'inizio di un lungo continuo ritorno perché, in fondo, non ho mai veramente lasciato Aversa e nemmeno le sue storie.

(*) Molto tempo dopo ho riflettuto sul fatto che nello stesso anno, anche Maradona lasciò Napoli: si può dire che sono andato via con D10S!

'A 'MMARENNA

(Una merenda per prefazione)

Aversa è una piccola città situata a metà strada tra Napoli e Caserta che si trova al centro di una vasta area rurale dell'antica provincia di Terra di Lavoro o Campania Felix ed è comunemente conosciuta per il suo primato nella produzione della mozzarella di bufala: l'oro bianco. Il primo documento ufficiale che parla della mozzarella aversana risale agli inizi del XV secolo, ma forse bisognerebbe tornare indietro fino al medioevo per arrivare alle origini di questo formaggio. In ogni caso, il connubio Aversa-mozzarella è da sempre talmente solido da meritarsi un passaggio nel film di Totò del 1954 "*Miseria e nobiltà*" nella famosa scena del paltò.

> Don Pasquale, per far fronte ai morsi della fame decide di impegnare il suo paltò e, con gli ipotetici soldi che ne avesse ricavato, chiede a Totò di comprare una lunga ed improbabile lista di cose.
> **Don Pasquale:** *Ti fai dare mezzo chilo di mozzarella di Aversa, freschissima, assicurati che sia buona, piglia queste dita, premi la mozzarella, se cola il latte te la pigli, se no desisti.*
> **Totò:** *Oh Pasquà dimmi una cosa: ma qui dentro che c'è? il paltò di Napoleone?*

Per quanto piccola possa essere la mia città, io ho passato un infanzia a viaggiare in continuazione dalla casa di un parente all'altro, ed erano tanti, tra quartieri lontani, diversi e divisi da linee di confine immaginarie. Si tratta di zone della città con nomi affascinanti e unici, ma con una particolarità: non sono quelli ufficiali. È una sorta di toponomastica popolare. Ad Aversa, i nomi propri delle strade e delle piazze, soprattutto quelli imposti dopo l'unità d'Italia, non li conosce quasi nessuno.

Immaginate di essere un forestiero e di dover raggiungere la centralissima Piazza Vittorio Emanuele II; per chiedere informazioni ad un indigeno dovreste essere in grado di dire *abbascio â scesa.* Letteralmente giù alla discesa. Vi è, invero, un piccolo dislivello tra Via Roma, ovvero *'mmiézzo â via Nova*, e la piazza citata poc'anzi, ma come questo piccolo particolare sia diventato predominante nell'immaginario popolare rimane ancora un mistero. Gli aversani, dal canto loro, non lo fanno certo per cattiveria, ma posso affermare con ragionevole certezza che, fosse stato solo per questa città, Google maps sarebbe andato in fallimento nel giro di pochi giorni.

Pensandoci, poi, non ci si identifica mai esattamente con un comune, ma si appartiene, più precisamente, a una zona al suo interno e, come dicevo, ci sono alcune zone della mia città che non risultano sulle carte stradali e i cui appellativi popolari spesso non si capisce neanche cosa vogliano dire.

Mio padre ha passato infanzia e giovinezza in un luogo fantasmagorico chiamato San Biagio, o meglio, *'mmiézzo San Biase*, a quei tempi era al confine, a nord della città. Io invece, da bambino abitavo nello stesso quartiere dove era cresciuta mia madre, cioè *'ngopp' â ferrovia*, che sarebbe il quartiere circostante la stazione dei treni. Si trova, grossomodo, alla stessa altezza sul livello del mare di tutti gli altri quartieri della città, ma per qualche strano motivo, gli aversani pensano che bisogna "salirci sopra" per arrivarci. Tra l'altro, pare che la gente della zona pensi di appartenere a un quartiere più "in", più ricco, più "snob" ed elegante rispetto agli altri. O per lo meno, questo è quello che dice mia madre che ci è cresciuta: *"A chille tiempi, 'ngopp' â ferrovia era come l'alta*

Italia". A quei tempi (i suoi, che intenda i 50 o i 60 non ci è dato sapere) nella zona della ferrovia era come vivere in una città del nord Italia. Questa affermazione ha sempre suscitato ilarità tra noi figli e parenti, ma chissà che non abbia ragione lei.

I vari fratelli e le sorelle dei miei genitori abitavano invece chi *'ngopp' â catena*, (cioè su una catena, ma quale?) chi *arrét' ô spetillo* (questa proprio non la so), chi *'ngoppa ô lummetore* (ovvero sul Lemitone, il quartiere spagnolo seicentesco), *areta â scalella* (dietro la scaletta, ce ne deve essere una, ma non saprei dove), chi *'mmiézzo Savignano"* (in mezzo al quartiere di Savignano) o addirittura *'ngopp' â Custantinopoli* (nella zona di Costantinopoli, che poi è solo una chiesa e non certo l'antica capitale dell'Impero Romano d'Oriente, ovvero l'odierna Istanbul). Come avrete capito, si sta sempre sopra, sotto, vicino, dentro o fuori qualcosa in questa città.

La mia meta preferita da bambino era *'a casa 'e zi' Arturo*, la casa di mio zio Arturo sita in *Fora Sant'Anna* (fuori le mura in zona Sant'Anna). Quando mio padre si presentava, con prole al seguito, a casa di zio Arturo, *'a Zi' Nunziatina*, sua moglie, di solito mi riceveva con un poco sibillino: "*n'ata vota cca' stai tu*?" (Un'altra volta qua stai?). Il perché di questa, apparente, poco simpatica accoglienza era dovuto a due motivi fondamentali che riguardano la sfera comportamentale del bambino che fui.

Tanto per cominciare, ero *'nu cacacazzo che nun avite idea.* Già, un rompiscatole di cui non avete idea. Non stavo mai fermo. Toccavo e scassavo di tutto e spesso mi mettevo nei casini o mi facevo male. "*Mamma mia, chiste addo' tene 'll'uocchie llà tene 'e 'mmane!"*. I miei parenti si lamentavano del fatto che, secondo loro, prima ancora che i miei occhi si soffermassero su un oggetto, le mie mani già lo avevano toccato. A conti fatti, per loro le mie mani viaggiavano ad una velocità superiore a quella della luce.

Aldilà di questa azzardata tesi scientifica, ero oggettivamente di difficile gestione per una semplice casalinga e la povera *zi' Nunziatina* già doveva tenere a bada i suoi cinque figli. D'altro canto, mia madre si era esaurita a starmi dietro e questo era uno dei motivi per cui giravo spesso di casa in casa. Mia madre aveva deciso di condividere il suo disagio, nei limiti del possibile, con tutti i parenti più prossimi: insomma, *facimmo un po' a ciascuno*!

L'altro motivo per cui il mio arrivo suscitava raccapriccio era che il sottoscritto, manco a dirlo, teneva sempre *famma* e la mia fame, a chi aveva patito la fame vera e propria, doveva sembrare un affronto. Non facevano altro che rinfacciarmi che loro durante la guerra, le bombe, le fughe dai tedeschi: *"Sì, aggio capito, ma io tengo famma 'o stesso! Nun è che me passa pecche' tu e fatta 'a guerra"*, rispondevo insolente. Allora, volente o nolente, la zia di turno doveva preparare una *'mmarenna.*

Alcune zie, forse per dispetto, mettevano a tavola più o meno le stesse cose che mangiavano loro durante la loro infanzia o giovinezza nei primi anni cinquanta. Esiste un'espressione in uso nella mia città che inquadra perfettamente quel periodo. Si dice *s' arricorda 'e tiemp 'e Pappagone* per indicare un qualcosa che risale al periodo in cui la RAI trasmetteva le gag comiche di Peppino de Filippo nei panni di Pappagone. Ecco, quelle merende ricordavano effettivamente un po' i tempi di Pappagone, ma erano ugualmente squisite. Le merende in questione variavano dal pane solo, pane e olio, pane con acqua e zucchero, pane coi fichi fino al pane col pomodoro fresco, soprattutto quando era tempo di imbottigliare. Insomma, principalmente pane, ma che pane! *'O pane cafone*, il pane dei paesi delle provincie di Napoli e Caserta è una vera istituzione. Condito con olio, sale e origano è una goduria. Appena sfornato e caldo poi, è un inno alla vita. Capitava che mio padre, durante il giro giornaliero di spese con figlio appresso, ne comprasse una pagnotta ancora fumante e che commettesse il terribile errore di lasciarlo sul sedile di dietro della nostra Nuova Cinquecento L Giallo Positano, dove ero seduto io. A casa, ovviamente, ne arrivava pochissimo. "*E meno male che hai lasciato 'o muzzeco 'a crianza*". Così commentava ironicamente mio padre se non aveva già optato per il modello pedagogico *mazza 'e panelle fanno 'e figli belli*, che invece prevedeva un buffettone per ricordarmi le buone maniere. Preferivo di gran lunga l'ironia, ma a scanso di equivoci, restavo possibilmente a distanza di sicurezza.

Poi Avvenne che mio cugino, il figlio di zio Arturo e di zi' Nunziatina, si fidanzò con la figlia di un famoso casaro aversano e allora fu l'apoteosi perché da quel momento in poi, in quella casa c'erano sempre mozzarella e ricotta di bufala in abbondanza. E vai di *'mmarenne co'pane e muzzarella*. Vi posso garantire che dal pane cafone solo al pane con la mozzarella di bufala, il salto di qualità è notevole. Se poi ci si aggiunge una fettina di prosciutto crudo di quello dolce e delle fettine succose di pomodoro San Marzano fresco, siamo di fronte a un triplo salto carpiato del gusto. Una esplosione di sensazioni indescrivibili per le papille. Neanche la ricotta col pane è cosa da poco. Benché la ricotta in generale costi di meno e sia, in buona sostanza, lo scarto della lavorazione della mozzarella perché si ottiene riciclando il siero di latte, il residuo della precedente lavorazione della mozzarella, per l'appunto. La ricotta ricavata dalla produzione della mozzarella di bufala, poi, è semplicemente favolosa.

Mio cugino avrebbe presto sposato la figlia del casaro e visto che il nostro concetto di famiglia ha una accezione molto ampia, in pratica, eravamo già tutti parenti del casaro. Questo mi dava il diritto, quasi per una sorta di "*ius sanguinis*", di entrare nel caseificio tutte le volte che volevo. Descrivere l'ambiente tipico dove si produce la mozzarella di bufala a chi non c'è mai stato non è cosa semplice. Bisognerebbe, innanzitutto, avere un riproduttore olfattivo. L'odore forte e pungente di siero di latte è la prima cosa che ti colpisce e non riesci a togliertelo dalle narici per giorni. I lavoratori dei caseifici, in effetti, si riconoscono subito. L'odore se lo portano dietro, se non dentro, anche dopo una intensa doccia purificatrice. Non ricordo esattamente quando fu la prima volta che ci andai, ma ricordo perfettamente cosa avvenne.

Il cugino casaro acquisito era anche una guida esperta e mi fece entrare nei locali situati al piano terra dell'antico palazzo del centro storico dove era stato ricavato il caseificio con pareti e soffitti a volta in mattoni di tufo ricoperti di malta bianca. Mi spiegò che sulle piastrelle corrugate e sulle grate di scolo del pavimento bisognava camminare con cautela. Il rischio di scivolare è altissimo per la costante presenza di acqua mista a latte che, per forza di cose, fuoriesce dalle vasche di lavorazione. C'erano enormi cisterne di acciaio e grandi vasche di diversa grandezza, che occupavano quasi tutti gli spazi. Lunghi tubi di acciaio o di plastica collegavano i vari elementi di raccolta. Si notavano, infine, spessi cavi calare dall'alto e terminare in vistosi interruttori di tipo industriale, come corredo dell'impianto elettrico che, ovviamente, era posizionato alla giusta distanza di sicurezza dall'acqua. Dopo aver osservato con meraviglia tutto l'ambiente circostante, la mia attenzione si spostò al lavoro finito, che riposava, affiorando dall'acqua bianca nelle vasche di deposito. La visione di tutte quelle mozzarelle di varie pezzature mi provocò un repentino eccesso di salivazione. Acquolina alla bocca. Fame. Ma il lavorio e gli strani movimenti dei casari in una sala a fianco mi incuriosirono e rimasi meravigliato dalla loro maestria. Riuniti intorno ad un grosso recipiente, tiravano su una massa bianca e gelatinosa piena di fori, che non sembrava per niente appetibile. Furono loro stessi, con fierezza, a spiegarmi che si trattava della cagliata, cioè il prodotto che si ottiene dal filtraggio prima del latte, dalla sua coagulazione e dall'aggiunta di caglio. *"Si va bene, ma che ci devono fare con questa cosa?"* mi chiedevo meravigliato.

La mia meraviglia si trasformò in forte perplessità di lì a poco, quando li vidi tirare fuori degli attrezzi che immaginavo più utili in campagna che in un caseificio: i cosiddetti falcetti. I casari cominciavano a rompere la cagliata, ormai matura, in pezzi sempre più piccoli che poi venivano spostati e impastati in un altro recipiente. A questo punto avvenne una vera magia. A forza di rimestare quei pezzi di cagliata nel loro liquido, questa si trasformò in una grande ammasso di pasta filante bianca e compatta, che era finalmente un qualcosa di riconoscibile ai miei occhi. Prima di diventare mozzarella, però, doveva passare per un altro processo assolutamente affascinante e rivelatore. Raccolti in cerchio intorno ad un grande catino in cui era stata riversata una certa quantità di quell'impasto latteo, i casari, usando il pollice e l'indice delle loro mani, cominciarono a staccare sfere irregolari, ma di uguale pezzatura, di bianchissimo e morbido formaggio. Questo processo si chiama mozzatura ed è proprio quello da cui prende il nome la mozzarella. Dopodiché le forme tondeggianti vennero lasciate a bagno in una grande vasca per la salatura e a vederle così mi ritornò la voglia di morderne subito una. Ormai avevo una sola cosa in testa e mio cugino dovette accorgersi che i miei occhi puntavano le mozzarelle e che la mia bocca era semiaperta per lo stupore e per la fame.

"Che dici? la vuoi 'na muzzarella?" - mi disse.

Alla faccia, pensai. Certo che la volevo, ma dissimulai un poco, solo un poco, come per dire *"Se proprio vuoi, io non è che..."* e intanto mi avvicinai alla vasca per la salatura.

"Dove vai? Chesta nun se po' magna' ancora". Mi fermò immediatamente. *Perché non si possono mangiare ancora? Ma che fa? Mi prende in giro?* La delusione si leggeva sul mio volto, ma non osai proferire parola.

"Vieni con me!"

Le mozzarelle appena mozzate e posizionate non sono ancora commestibili e devono riposare per alcune ore in differenti tipi di vasche. Quelle pronte per essere imbustate e poi consumate, invece, erano in un'altra vasca. Mi ci condusse.

"Piagliatenne una va'".

Ero libero di scegliere ed ero anche pronto ad infilare le mani nel liquido bianco e toccarle tutte per trovare la più bella, ma mio cugino mi bloccò di nuovo. *E che c......!*

"Statte sora" - stai fermo- *"dimme quale vuoi che te la piglio io"*. No, non potevo infilare le mani dentro la vasca come avrei voluto fare. Pazienza!

Gliene indicai una che mi venne consegnata dopo essere stata raccolta con i guanti. Dopodiché mio cugino pronunciò le fatidiche ultime parole famose.

"Nun te 'nzeva'!", non ti sporcare.

Quella mozzarella riempiva tutta la mia modesta mano di bambino. La portai alla bocca e feci fatica ad addentarla per quanto era grande, ma siccome era morbida e calda, si adattò alla forma della mia bocca e infine i denti trovavano poca resistenza e staccarono il primo morso. Immediatamente, un fiotto di liquido bianco mi invase la bocca e le labbra. Incontenibile, prese la strada delle guance e del collo fino a bagnare maglione, camicia, pantaloni, scarpe e tutto il resto. Il sapore misto di dolce e salato, però era irresistibile e niente avrebbe potuto fermarmi. Oggi, senza ombra di dubbio, posso affermare che solo chi è dotato di una buona tecnica può mangiare a mani nude e facendo a meno di sporcarsi, una mozzarella appena fatta. Io, purtroppo, quella tecnica non ce l'avevo e neanche mi interessava avercela in quel momento.

"Azz! E cchesto e' cchello che t'aggio ditto! Guarda a cchisto comme s'è cumbinato". Questo è quello che ti avevo raccomandato, fu il commento divertito di mio cugino.

"Ma chi se ne fotte! Mado' che 'mmarenna che me so' magnato oggi!" Certo, cosa poteva mai fregarmene dei vestiti di fronte a cotanta libidinosa ed orgasmatica *'mmarenna.*

CAMMINARE

A me piace molto camminare. Tanto. Sarei capace di stare giornate intere a vagare per le città, ma anche in campagna o in montagna. Mi piace guardare la gente, osservare i luoghi, contemplare la natura. I miei piedi, se avessero il contachilometri, racconterebbero di suole consumate per quasi tutta l'Italia, tanti posti d'Europa e anche per il Sudamerica. Ho mosso i miei primi passi ad Aversa, la prima colonia normanna del sud Italia. Un posto che, prima di ogni altra cosa, non è esattamente Napoli, ma non è mai stato neanche Caserta: è terra di mezzo ed incita al vagabondaggio.

Strano, perché sono un tipo piuttosto pigro e non viene facile pensare a tutta questa enorme quantità di energia messa in azione nel camminare a piedi.

In realtà, il mio è l'andamento tipico dell'ozioso. Il curioso abbandonarsi ad un viaggio più che altro onirico e metafisico, prima ancora che puro andare.

Sono stato fortunato. Cammino per piacere ed è un piacere per me camminare. Non è per tutti così. Non tutti hanno questa fortuna.

Mi son chiesto per tanto tempo da chi l'avevo presa, questa abitudine, chi me la doveva aver passata. Poi un giorno, all'improvviso, ho finalmente capito che era stato grazie a una Madonna. Niente a che vedere con la religione, per carità. La Madonna di cui parlo io, di nome faceva Sofia ed era mia nonna.

Madonna Sofia, non camminava per piacere. Camminava ed aveva camminato perché doveva. In qualità di primo nipote ho passato buona parte della mia infanzia attaccato al suo braccio. Essendo il suo braccio attaccato al suo corpo ed essendo il suo corpo in continuo movimento, il bimbo attaccato al braccio si doveva, per forza di cose, muovere insieme al corpo portante.

Madonna Sofia mi ha trascinato, in lungo ed in largo, per la città di Aversa talmente tanto che sono ancora grato ai Normanni di averne fatto solo una piccola contea e non una grande capitale europea.

Ero un bambino, non potevo apprezzare ancora e a pieno le grandi opportunità che mi venivano offerte nel camminare al braccio di mia nonna. Ovvero gustare il piacere della lentezza, immergersi nel vivere quotidiano della città, poter contemplare i gesti e le meraviglie di un linguaggio favoloso e le formule ataviche della comunicazione tra mercanti di strada e i loro clienti. Sì perché ci si fermava anche. Si doveva fare la spesa, le commissioni e tante altre cose. Mia nonna era una casalinga molto indaffarata, fuori e dentro casa. "*Signora Sofi', chisto è 'o nipote vuosto?*", "*Quant' anne tene?*", "*Ci va' 'a scola?*", "*Mado' quant'è bello, a chi assumiglia?*". Erano alcune delle domande di rito.

Mia nonna rispondeva orgogliosa del suo nipote e magari le scappava di sorridere.

È un'immagine vivida, che rimane forte in me: il suo splendido sorriso.

Madonna Sofia sorrideva poco e rideva anche meno. Forse perché camminava troppo e non aveva molto tempo per ridere. Quando lo faceva, però, era impossibile non essere felice insieme a lei o non ridere con lei. Ci teneva molto al suo portamento ed alla sua figura. Voleva distinguersi da certe *fucilere* sguaiate del vicinato. Era maniaca della compostezza e, per quanto non fosse di provenienza nobile, c'era un che di regale nel suo essere donna di popolo.

Parlava una lingua tutta sua. Secondo me, un misto di napoletano e molisano già che di famiglia non era proprio di origini aversane e il suo italiano era decisamente zoppicante, ma assolutamente favoloso.

Mi faceva morire dal ridere quando le capitava di dare delle indicazioni stradali a qualche passante disorientato e se ne usciva con un *"doveto andare sempre diretto"*.

L'indicazione, però, era sicuramente giusta, perché tanto lei, a forza di camminare, le strade le conosceva tutte.

Madonna Sofia rideva poco, camminava tanto e spesso raccontava storie. A volte faceva tutte queste cose insieme. E, se le cose andavano così, era perché attaccato al suo braccio c'ero sempre io.

Aversa è una città di pianura, ma mia nonna veniva dai monti. Aveva avuto una famiglia numerosa e, a suo dire, non se la passavano neanche tanto male un tempo. Chissà che non sia stato questo il motivo per cui suo padre decise di trasferire tutta la famiglia da Isernia per venire a vivere vicino a Napoli.

Fatto sta che i Madonna ad Aversa avevano avuto delle proprietà una volta, ma quando io ero piccolo, erano ormai piuttosto poveri.

Mia nonna parlava con nostalgia dei tempi andati e degli agi persi, ma questo accadeva prima. Prima della guerra. Se invece le capitava di pensare al dopo, alla guerra, e cominciava a raccontare quei fatti, dalla nostalgia passava ad una profonda tristezza.

Aveva sempre un fazzoletto di cotone in borsa, insieme ad un ventaglio ed al borsellino con gli spiccioli perché i soldi *sani*, cioè le banconote, li metteva *'npietto* per evitare i furti. Quel fazzoletto le serviva sempre, quando parlava dei fatti della guerra, per asciugarsi le lacrime.

Madonna Sofia si fermava o si soffermava, di tanto in tanto, e lo faceva per piangere.

Appresi da lei che c'era stato un tempo di morte, fame e dolore. Di motori che rombavano in aria e terrorizzavano la gente. Di bombe che piovevano dal cielo e portavano via case e persone.

Appresi pure che c'erano stati "*chille scurnacchiate de' tedeschi*" infami e assassini che "*schifavano agli italiani*" e che, se avessero potuto, li avrebbero uccisi tutti.

Appresi che, per fuggire dalla morte che veniva da sud, il padre di mia nonna decise di riportare tutta la famiglia sui suoi monti, verso nord, non sapendo però che anche la guerra aveva deciso di fare più o meno la stessa strada.

Mia nonna, la sua famiglia e la guerra giocavano a rincorrersi. Solo che la guerra fu più veloce e li raggiunse nei pressi di Isernia. I signori delle bombe avrebbero dovuto far crollare un ponte, ma invece rasero al suolo un intero paese e, ironia della sorte, il ponte rimase in piedi.

Dentro il paese c'erano le case e dentro le case persone che non si aspettavano che la guerra venisse a fargli visita. Pochi si risvegliarono e quelli che lo fecero si accorsero di non essere più nel loro letto.

Le macerie coprivano già i morti ed anche i vivi sembravano cenere ritornata alla cenere, ma che in realtà si muoveva, si lamentava e si aiutava a vicenda a resuscitare. Pareti e travi pericolanti incombevano sulla loro già scarsa certezza di essere ancora di questo mondo. D'altra parte, come potevano esserlo, quando mai si sono visti dei vivi che vomitano terra?

Mia nonna e quello che restava della sua famiglia non avevano più niente e cominciarono un lungo esodo di ritorno verso Aversa. Loro non sapevano di stare continuamente a incrociare e attraversare le immaginarie ed impronunciabili linee difensive disegnate dai generali nazisti o di intralciare i piani di sfondamento degli alleati con la loro inopportuna presenza. Vedi come vanno le cose, mi viene da pensare. Uno se ne sta in giro *pe' 'e fatti suoi* a fare la sua vita e all'improvviso, senza avvisare, passa *la Storia* e tu non sai come comportarti.

La loro fu solo una delle tante vicende di quella enormità di povera gente che dovette sfollare, dormire nei fienili, evitare bombe, mezzi militari e soldati di paesi e lingue diverse. Si dovettero preoccupare di proteggere le donne e i bambini dagli uomini e dall'orrore della morte e trovare mezzi di fortuna e, magari, una guida che gli indicasse la strada di casa, ammesso che ne fosse rimasta una.

Camminò tanto Madonna Sofia. Cominciò a camminare sul serio allora e poi non smise più. Neanche quando la guerra finì, neanche quando finalmente tornò ad Aversa, quando poi si sposò, divenne madre, nonna, suocera e neanche quando rimase vedova. Mai più finché visse ed anche la malattia, che piano piano la consumò, dovette attendere non poco prima di riuscire veramente a fermarla. Nella sua vita ci fu sempre un motivo che la spingeva a camminare e a farsi carico dei problemi di chi le stava intorno.

La storia del suo andare disperato e inarrestabile iniziò in un lontano autunno di guerra e di incertezza, ma a me piace pensare che già da allora, attaccato al suo braccio, ci fosse un bambino pedante e trasognato che la seguiva ovunque.

PAZZI

Mi trovavo con i miei genitori nella piazzetta di un paesino limitrofo, Lusciano o Ducenta, non ricordo bene e, mentre cercavo di stare in equilibrio saltellando da una mattonella all'altra del pavimento, mi si avvicinò un anziano, forse incuriosito da quei miei giochi solitari e immaginifici. Mi chiese d'improvviso e senza preoccuparsi minimamente della malagrazia dell'approccio, "*Guagliuncie', di dove sei tu? Dove stai di casa?*"

I bambini non vorrebbero mai essere disturbati nei loro giochi, soprattutto quando fanno ricorso alla loro infinita fantasia e se ne stanno inventando uno per non annoiarsi troppo, così come stavo facendo io in quel frangente.

Ai bambini, però, fanno una testa così su come rispondere con educazione agli adulti, per non fare la figura dello scostumato.

Allo stesso tempo, ai bambini, la *capa* tanta gliela fanno pure sul non dare troppa confidenza agli sconosciuti *"che non si sa mai con chi hai a che fare"*.

Non meravigliamoci troppo se poi un bambino, interdetto e confuso, ci mette una certa quantità di tempo a sbrogliare una situazione del genere. C'era da valutare e scegliere tutte le opzioni, verificare eventuali conseguenze, pesare il valore di tutte le parole e, finalmente, elaborare l'eventuale risposta. Tutto molto complicato.

Dopo una lunga pausa di riflessione e non appena la lingua mi si sciolse, dissi semplicemente *"Aversa"* e intanto già mi stavo allontanando. Così facendo avrei, almeno pensavo, con due semplici mosse risolto tutta quella intricata e antipatica situazione che si era venuta a creare, con buona pace del gioco che stavo facendo e che tanto ormai era stato, definitivamente, interrotto.

"Azz! 'A città de' pazzi", disse il vecchio alle mie spalle con una risata beffarda.

La mia città, per quelli che non ci abitano, cioè quelli che sono di fuori, di poco fuori, geograficamente parlando, è, per un evidente effetto dell'invidia, un specie di coacervo di tutte le infamie di questo mondo.

Ad esempio, un tipico adagio popolare vuole che gli aversani abbiano due facce, come l'arco della Nunziata. In realtà si riferiscono a Porta Napoli, che sta attaccata all'ingresso del complesso dell'Annunziata. Sono due entità architettoniche distinte e di epoca assai diversa, ma si sa, il popolano chiacchiericcio è fatto di sintesi e di approssimazione. L'importante è offendere.

Fatto sta che sull'arco c'è un orologio. Anzi ce ne sono due. Uno guarda Napoli, l'altro via Roma, la principale arteria cittadina.

I nostri simpatici vicini, così dicendo, ci accusano di essere voltagabbana e falsi.

Poco più a sud, poi, inizia la provincia di Napoli e qui viene il bello. Per certi napoletani tutti quelli che non vivono nell'antica capitale del Regno delle Due Sicilie sono da considerarsi, indubitabilmente, villici di bassa lega.

Ricordo che una volta conobbi una ragazza di Napoli, in vacanza al mare. Lei era del rione Sanità e mi chiese, col tipico linguaggio moderato ed educato della signorina di buona famiglia:

"Siente, guagliò, maaaa tu ê Ro si?" - certi napoletani sostituiscono, vai a capire perché, la D con la R. Di d(R)ove sei?

"Di Aversa" - riposi con prontezza e non senza un motto di orgoglio.

"A faccio Ro' cazzo -disse- *allora sì proprio cafone!"*

A volte mi domando perché le risposte giuste non vengano mai fuori quando uno più ne ha bisogno. Da vero campione mondiale di "*esprit de l'escalier*", in quel momento incassai, rimasi interdetto e stetti irrimediabilmente zitto. Ma che ce voleva a ribattere con un bello, chiatto e sonoro:

"*Nintedimemo. A parlate 'a signora de Palazzi patrizi della capitale del Regno delle Due Sicilie. Tu da 'nu vascio della Sanità vieni, parli come 'nu libbro stracciato e 'o cafone mo' sarei io!*"

In questo caso la mia colpa fu evidente ed il fatto di essere stato un timido non poteva essere considerata un'attenuante. Avrei dovuto difendere l'onore della mia città e non lo feci.

Per quanto riguarda la storia dei pazzi della mia infanzia, invece, avevo tutte le scusanti. Non sapevo neanche bene cosa fosse un pazzo, figurarsi come facevo a capire che quel paesano mi stava dicendo che vivevo in un manicomio. Dovetti dunque chiedere spiegazioni al mio genitore maschio.

Man mano che papà svelava quell'arcano, cercando le parole giuste per non farmi preoccupare, e mi raccontava del perché la mia città si porti dietro questa nomea, la mia immaginazione di bimbo facilmente suggestionabile elaborò tutta una serie di conclusioni poco rassicuranti. Mi fu rivelato che abitavo in una città dove c'erano non uno, ma ben due manicomi e, evidentemente, anche una miriade di pazzi.

"Adesso che papà mi ci fa pensare, forse non se ne stanno neanche tutti rinchiusi. Girano tranquillamente per strada, sono a piede libero e magari, e magari sono pure pericolosi.

Mannaggia, io lo sapevo, me ne ero accorto che gli aversani non sono del tutto normali. I vecchi, gli adulti e anche certi bambini.... Ecco perché urlano sempre, cantano, recitano quando parlano. Questi pensano di essere tutti attori di teatro e cinema, tenori o Mario Meroli da sceneggiata. E quando poi si appiccicano tra di loro? Quando fanno a botte o si sparano? Secondo me lo fanno perché pensano di essere in un film western con gli sceriffi e gli indiani. Certo.

E i miei parenti allora? Quelli fanno la guardia alla pentola del ragù la domenica per non farti spugnare il pane dentro alla salsa; che se no ci rimangono le molliche dentro, dicono. Mah! Se non sono pazzi quelli!?

E quando mangiano le carcioffole arrostite... e si giocano 'o turzo, ma ci rendiamo conto? Scommettono sul fondo del carciofo a carte o a dadi o addirittura se lo vendono. Ma dove si è mai visto una cosa del genere?

Le pummarole! Il fuoco, le bottiglie, il sugo passato e i pelati. Tutta quella gente che si sbraccia, che comanda, che muove e sposta cose da una parte all'altra. E mica sono normali quelli?

Mamma mia questi sono pazzi veramente."

Ero un bimbo e improvvisamente tutto e tutti cominciarono a apparirmi diversamente sani di mente, visto che, tra l'altro, loro non capivano me e io non capivo loro.

Subito dopo però mi venne un dubbio ancora più atroce.

"E se, invece, il pazzo fossi proprio io? Se anch'io sono destinato a diventare pazzo? Se un giorno finisce che mi rinchiudono alla Maddalena in una stanza buia e fredda, senza giochi e amici e genitori...?"

Guardai perplesso e preoccupato mio padre, stavo per farlo partecipe del mio sgomento, ma lui, secco e diretto, mise a tacere tutti i miei pensieri con una semplice frase che ancora oggi ho sempre pronta al momento giusto:

"'A prossima volta che ti dicono una cosa del genere, devi rispondere che ad Aversa, 'e pazzi, ce li portano da fuori!"

Il primo Ospedale Psichiatrico d'Italia fu fondato ad Aversa nel 1813. Si chiamava la Reale Casa de' Matti in Aversa nell'antico Convento della Maddalena dei Frati minori osservanti. Nel 1876, nella nostra città fu istituito anche il primo OPG d'Italia per trovare una collocazione ai folli rei ed ha ospitato famosi serial killers tra cui la saponificatrice di Correggio. L'OPG fu anche scenario della rocambolesca evasione di Raffaele Cutolo avvenuta il 5 febbraio 1978: una carica di nitroglicerina piazzata all'esterno dell'edificio squarciò le mura permettendo la fuga del boss. L'apoteosi della follia criminale.

TOTONNO

Certo, non è possibile che Molière abbia potuto prendere spunto o che addirittura si possa essere ispirato a mio nonno per creare alcuni dei suoi personaggi più famosi del "Malato immaginario" e de "l'avaro". Ci sono circa due secoli di scarto di mezzo e poi Molière è pure venuto molto prima. Eppure, me lo ricordo bene; qualcuno della mia famiglia, sentì la *réclame* alla TV del film con Alberto Sordi e immediatamente pensò a Totonno Belluomo. "*O' illoco o vi', quello è proprio lui. Mo' lo vedi che arriva*". La battuta di spirito risuonò dall'appartamento in cima alle scale mentre mio nonno tornava a casa; ansimante, con lentezza, fermandosi varie volte per rifiatare, lamentandosi a ogni gradino, saliva su per la palazzina di due piani e mezzo, fino all'appartamento dove viveva con sua moglie e i suoi figli che ancora *giovinotti* all'epoca. Lo spettacolo per me era appena iniziato. Finito il figlio, toccava alla moglie:

"Ahe', mo' comincia la litania. Ogni gradino una lamentela. Quando sta assettato fuori al purtone della mamma, a inciucia' con gli amici suoi, non gli viene mai niente, mai. Solo quando torna a casa si sente male. E che ciorta che tengo, nè!"

Molière magari no, ma posso garantire che era teatro di un certo livello.

Che poi lui, che fosse avaro non ho modo di confermarlo né di negarlo, ma per essere malato lo era davvero, altroché se lo era, solo che noi, i parenti, eravamo tutti piuttosto persuasi che ci pigliasse *'nu poco pe' fessi* perché era parecchio *figlio 'e 'ndrocchia* e dalla sua condizione, sapeva bene come trarre qualche piccolo vantaggio, ma non propriamente come trarne profitto.

Negli anni cinquanta la tubercolosi era ancora considerata una malattia grave ed invalidante e se ne parlava sottovoce. Accadeva spesso che la gente sparisse dalla circolazione e che finisse rinchiusa nei sanatori. Dai sanatori, vivi, ne uscivano molto pochi.

Totonno invece in quegli anni, nonostante tutto, ne uscì e come. Anzi, probabilmente, quelli furono gli anni più gloriosi della sua vita. La malattia lo aveva segnato parecchio nel fisico e nella mente, rendendolo, tra le altre cose, ipocondriaco. Non lo aveva abbattuto completamente, ma lui sentiva, o voleva far credere a tutti di sentire, che il momento della sua morte fosse sempre imminente.

C'è, da qualche parte, una foto di lui in divisa, ce l'ha mia madre conservata, e restituisce l'immagine di un giovanotto che ha servito la Patria. Pure questo, secondo me, è teatro. Finzione. Perché lui la guerra non l'ha fatta e neanche la Resistenza, s'intende. Non so bene come sono andate le cose, ma credo sia stato riformato per via della malattia. Un fatto molto comune a quei tempi.

Da borghese, avrà sicuramente visto i bombardamenti, il passaggio della truppe alleate e la fuga dei tedeschi, ma in sostanza, lui, che io ricordi, non ha mai raccontato niente di particolare riguardo quel periodo e questo a pensarci bene è paradossale e inspiegabile.

Immagino che, non avendo dovuto fare il soldato, abbia avuto il privilegio, e non era cosa di poco conto, di poter continuare a fare il suo lavoro.

Ufficialmente faceva il radiotecnico e, con l'avvento della televisione, all'inizio degli anni cinquanta il suo laboratorio divenne un formidabile posto di ritrovo per tutto il vicinato, dove ci si riuniva per assistere alle primissime trasmissioni della RAI.

'Ngopp' â ferrovia nell'immediato dopoguerra, il nome di Totonno Belluomo divenne sinonimo di meraviglia e attrazione, modernità e spettacolo e lui fece in modo di mantenere alta la sua reputazione negli anni a venire, ma non riuscì mai a fare soldi sul serio pur avendo genio, capacità ed inventiva da vendere. Anche in

questo la malattia fu il suo alibi, ma io credo che la cosa non gli interessasse veramente e che preferisse starsene sotto l'ala protettrice di sua madre e vicino alla sua famiglia, con la scusa e, al tempo stesso, l'effettivo bisogno di essere sempre monitorato e seguito in caso venisse sopraffatto da una di quelle maledette crisi respiratorie o complicazioni accessorie che minavano la sua salute.

In realtà, lui, faceva molto di più che il semplice radiotecnico.

C'erano delle foto in bianco e nero in bella vista nel suo studio, che mostravano un gruppo piuttosto nutrito di musicisti e cantanti in posa davanti a vistosi microfoni cardioidi e belle donne formose, ma molto coperte se paragonate a quelle degli anni '70.

Sugli strumenti più grossi si notava la scritta *"Orchestra azzurra"* e, sul tendaggio dietro ai musicisti, spiccava la dicitura *"Organizzazione Antonio Belluomo"*, con a fianco il simbolo della RAI degli albori.

Quello era stato il momento in cui Totonno avrebbe dovuto e potuto diventare uno importante, fare successo nel mondo dello spettacolo e dell'organizzazione di eventi e lasciare la città. La gente era stanca ed avvilita, dalla pesantezza di venti anni di dittatura e dalla guerra. Ora che il paese piano piano si riprendeva dalle devastazioni del conflitto mondiale, c'era una gran voglia di spensieratezza di feste, balli, canzoni e musica leggera, melodica. Mio nonno, ad Aversa, era l'unico in grado di poter dare loro tutto questo.

Purtroppo fu una fase che non durò molto. Gli anni sessanta portarono cambiamenti così repentini che avrebbero richiesto, per continuare quell'attività, un grosso impegno organizzativo, dispendio di energie e investimenti importanti. Tutte cose che Totonno non volle o non seppe capire. E in ogni caso, poi c'era la malattia.

Una parte consistente del suo lavoro erano le amplificazioni per le feste di piazza, i comizi politici e le manifestazioni religiose. Si usava un'espressione particolare nel circondario per indicare questa attività. Si diceva *mette 'e trombe*, ovvero posiziona le trombe. Le trombe, in realtà, altro non erano che degli altoparlanti per manifestazioni all'aperto.

Questi diffusori acustici, decisamente ingombranti, venivano usati per diffondere il suono o la voce nelle piazze ed erano, per l'appunto, di forma conica come delle grosse trombe. Nel caso dei comizi o, comunque, nelle manifestazioni di piazza, *'e trombe* andavano montate in una posizione piuttosto rialzata rispetto al pubblico e al palco, in maniera che arrivasse da più punti sopra le teste degli astanti.

In effetti, tra l'armamentario da portarsi dietro, oltre ai lunghissimi cavi, agli amplificatori a valvole, ai microfoni con le aste, c'erano delle lunghe e piuttosto instabili scale di legno.

Era, neanche a dirlo, l'anno zero della sicurezza sul lavoro, ma nessuno tra noi si fece mai male, che io sappia.

Questo tipo di lavoro continuò fino alla sua morte, avvenuta negli anni '80, e anche io da bambino fui spesso coinvolto nel gruppo di persone che di volta in volta venivano ingaggiate o si alternavano nel mettere a punto l'impianto per l'evento di turno.

Sono cresciuto fra voluminosi amplificatori a valvole Geloso, microfoni RCA a gelato o unidirezionali, trombe acustiche di ogni colore e grandezza, connettori e matasse di fili di ogni genere.

Il mio compito era riavvolgere i cavi alla fine della serata, oppure, ed era la cosa che mi piaceva di più, salire sul palco per la prova microfono. *"Uno, due, tre, prova, prova di amp... ampri... ficazione, prova di ampri...plificazione...amplificazione, se se ... sa'sa'sa'. Prova di amplificazione, sa'sa'sa', prova"*. Ero sempre molto emozionato e, a pensarci bene, quelle furono le mie prime esibizioni su un palco, con un pubblico davanti. C'è da dire che "*amplificazione*" non è esattamente la parola più congeniale per un attore esordiente e giovanissimo come ero io a quei tempi.

Capitava anche, per altri tipi di eventi, di dover montare dei diffusori più piccoli su furgone o automobile. Era il caso, per esempio, di certe cerimonie religiose come il Corpus Domini o la Via Crucis, oppure delle pubblicità dei candidati dei vari partiti politici quando c'erano le elezioni.

Più di una volta mi sono ritrovato, all'interno di un furgoncino, vicino ad un voluminoso amplificatore e in compagnia di grossi seminaristi effeminati vestiti in nero. La mia presenza in quei furgoni a monitorare il metallico aggeggio di marca Geloso era pressoché inutile, ma credo che ci finissi perché non c'erano alternative.

Totonno temeva gli spazi stretti, e al solo pensarci già gli veniva una crisi d'asma e, come se non bastasse, era piuttosto allergico ai preti. D'altronde, anche a me quegli strani uomini in gonnella facevano una certa impressione, se non timore e, a scanso di equivoci, me ne stavo alla larga, mi stringevo al mio amplificatore e mi facevo i fatti miei in attesa che finisse quella lagna insopportabile e tutto quello strazio di rosari, litanie e canzoni da processione. Cosa non avrei fatto per poter mettere le mani su quella misera, ma meritata, *mazzetta,* cioè la mancia che mi veniva promessa di volta in volta. Solo che poi certe litanie e certe immagini non riesci più a togliertele dalla testa, come quelle lunghe schiere di donne bardate di nero che mi seguivano minacciose, battendosi il petto e cantando: *"Sono stati i miei peccati, Gesù mio perdon pietà"*. Poi dice che uno si ritrova da adulto con un sovraccarico di sensi di colpa.

Probabilmente c'era anche un altro motivo per cui mio nonno non aveva grande simpatia per i preti, e aveva a che fare con il suo credo politico. Una volta mia mamma trovò, fra le sue cose, i bigliettini elettorali di un candidato che, a differenza di quelli soliti con un simbolo di color azzurro e con al centro uno scudo bianco e una croce, erano invece composti da due bandiere sovrapposte su sfondo rosso vivo e da tre elementi di colore oro: una falce e un martello incrociati e una stella in alto.

"Papà, ma vuje mica siete comunista?" chiese ingenuamente.

Tutti i suoni e le voci dell'appartamento furono risucchiati immediatamente in un'altra dimensione lasciando il posto a un silenzio irreale che perdurò per una decina di lunghissimi secondi e poi fu rotto da una secca e brusca risposta che si diffuse in polifonia da vari angoli della casa: *"Shhhhhh, statt' zitta! Che vai dicendo? Che sei scema?"*

Certo, già il lavoro non bastava a mantenere tutta la famiglia, figurarsi poi se si fosse venuta a sapere una cosa del genere.

Erano, effettivamente, tempi in cui alcuni uomini in nero col colletto bianco e certi personaggi influenti legati alla democrazia cristiana usavano, paradossalmente, metodi simili a quelli della STASI, l'odiata e terribile polizia comunista della Germania dell'Est. Avevano occhi e orecchie ovunque, dalle sacrestie agli uffici pubblici che erano per lo più occupati da loro. Quindi, certe simpatie politiche dovevano rimanere un segreto, soprattutto per chi faceva un mestiere come quello di Totonno.

Fatto sta che me lo ricordo bene, seduto con la sedia al contrario, con i gomiti appoggiati alla spalliera *fora ô purtone* del palazzo dove aveva impiantato il suo laboratorio, che poi era anche la casa di sua madre; lo sentivo spesso *'nciuciare* con in suoi amici contro il parroco della chiesa di San Michele alla ferrovia. Il curato era, indubbiamente, una delle vittime preferite delle sue invettive, talvolta inventate di sana pianta.

In realtà, spettegolare e sbeffeggiare qualche malcapitato passante, cioè uno di quei personaggi del quartiere più inclini ad essere presi di mira, era uno dei suoi principali passatempi, quando non aveva da lavorare. Se era in vena di scherzi maligni, era capace di architettare piani diabolici che consistevano nel raccontare al primo credulone di passaggio, '*nu poco abbunato*, della imminente morte di un comune conoscente che abitava nelle vicinanze. Il tizio si recava immediatamente a trovare il supposto moribondo e poco dopo si sentivano le maledizioni dello stesso giungere dall'altra lato della strada, mentre lui e i suoi amici se la ridevano di gusto. Inventava spesso delle storie improbabili riguardo a gente e fatti del luogo. Grazie alla sua abilità nel raccontare, ma soprattutto facendo leva sull' ingenuità e nell'indomabile esigenza di ciarlare dei soggetti che aveva selezionato, quegli eventi diventavano reali e facevano il giro del rione, se non della città. Queste cose lo divertivano molto, ma anche in quei momenti di ilarità non poteva non pensare alla morte. La maschera che si era costruito, volente o nolente, non era fatta per la risata aperta e sguaiata. Dovendo tenere fede alla sua immagine pubblica di persona sofferente preferiva ridersela sotto i baffi e la sua vena comica, ovviamente, si esprimeva al meglio con quell' assurdo humor nero che si sposava perfettamente col suo personaggio.

L'esempio più calzante ne è l'insuperata battuta che gli venne fuori una domenica a ora di pranzo, quando di ritorno a casa, in ritardo come al solito, ritrovò tutti i familiari già alla seconda portata; tutti, o quasi, attingendo contemporaneamente da una zuppiera al centro della tavola. Apparve all'improvviso nella sala e nel vedere la scena commentò ad alta voce: "*ma che d'è 'na fossa comune?*" Le risate e l'esigenza imminente dei presenti di esibirsi in efficaci gesti apotropaici rallentarono parecchio la continuazione di quel pasto.

Io gli scherzi di Totonno non li capivo e non ero ancora in grado di apprezzare la sua ironia. Quello che a me impressionava ed affascinava veramente erano le incredibili apparizioni di oggetti inusuali o eventi particolari, che sembravano saltare fuori dal nulla nel suo laboratorio. Era l'antro delle meraviglie e lui, quando ci si metteva, faceva delle vere e proprie magie. Non tutti hanno avuto un nonno capace di trasformare un anonimo e decadente cortile dentro *o'purtone del palazzo* in un cinema all'aperto e di radunare tutti i bambini e i vicini del rione.

Partecipavano tutti e tutti erano coinvolti: chi piazzava il proiettore, chi il telo, altri le sedie e gli altoparlanti e lui provvedeva a scegliere uno dei suoi film su bobina. I vecchi western erano i più apprezzati, anche da noi bambini che poi ci mettevamo a giocare a sceriffi e indiani. Pensavamo erroneamente che tutti i cowboys fossero sceriffi e per noi quelli erano "'*e film 'e sheriff*" *o* forse, chissà, neanche con riferimento alla finzione cinematografica, riusciamo ad avere un minimo di rispetto per l'autorità costituita.

Ho avuto modo di vedere con i miei occhi scaricare da un camion una gran quantità di scatoloni marcati Perugina e portarli nel laboratorio di mio nonno. La gente del vicinato cominciò ad avvicinarsi incuriosita. I più già avevano intuito che si doveva trattare di un'altra delle sue trovate e infatti quegli scatoloni erano pieni di cose buone da mangiare. Dopo un po' cominciò a distribuire cioccolata, caramelle Rossana e colombe pasquali a tutto il quartiere. Quella generosità contraddiceva l'idea di avarizia con cui qualcuno lo dipingeva, ma dove avesse preso i soldi per comprare quella roba era un mistero un po' per tutti. Di fatto non l'aveva comprata. Semplicemente se la faceva regalare. Alla sua morte, fra le sue carte, furono ritrovate le copie di alcune lettere che inviava a diverse ditte. Con una calligrafia impeccabile e uno stile asciutto e diretto, in virtù del fatto che era una persona malata e prossima alla morte, chiedeva delle donazioni di beni che poi lui avrebbe distribuito per solidarietà alla comunità di cui faceva parte con il semplice obiettivo, spiegava, di essere ricordato e benvoluto dai suoi concittadini. Qualcuno alla Perugina fu toccato, evidentemente, da quelle parole e ad Aversa furono molti i bambini che mangiarono dolci e caramelle distribuiti da Totonno.

Di magie ne fece tante, ma una delle magie più belle fu anche una delle ultime e la fece quando l'Italia vinse i mondiali di calcio del 1982. Tanto per cominciare, alcune delle sue trombe finirono sul tetto della nostra nuova 500 L, colore giallo Positano. Mio padre aveva il compito di girare per la città e diffondere l'inno nazionale e la telecronaca della finale che aveva registrato, e, nonostante il caos generale, al commento dei gol dell'Italia tutti urlavano di nuovo come se fossero appena stati segnati. Non sapevo più da che parte voltarmi, tra la folla di gente che passava urlante in festa e l'auto di mio padre che rilanciava il racconto di immagini destinate a diventare mitiche, quando qualcuno cominciò a fermarsi a guardare verso il davanzale della finestra del laboratorio di Totonno, che dava sulla strada. Si formò un capannello di persone incuriosite. Mi feci spazio e finalmente riuscii a vedere che, piazzato sul piatto di un vecchio giradischi, era apparso dal nulla un pupazzo BIG GYM nuovo fiammante, che girava trionfante con due piccole bandiere italiane in mano. I passanti andavano letteralmente in visibilio e si avvicinavano per esprimere apprezzamento per la nuova trovata di Totonno Belluomo. Lui gongolava ed era felice di aver dato per l'ennesima volta spettacolo e prova della sua genialità. L'atmosfera di festa era decisamente inebriante e Totonno era l'immagine della gioia. Non tanto per la vittoria dei mondiali in sé, ma più probabilmente per il semplice fatto che tutta quella gente intorno e tutta quella allegria riusciva ad aprire un varco in quella sua forma cronica di *"appocundria"* e riuscivano ad allontanare le solite immagini di morte dalla sua mente. Da parte mia, da quando avevo visto il pupazzo sul giradischi avevo solo una cosa in mente e capii che il momento era propizio e che dovevo cogliere la palla al balzo: cominciai a seguire Totonno e a marcarlo stretto come fossi la sua ombra, fino a tirarlo per i pantaloni. *"'O no', 'o no', nonno..."*

"Ma che c'è? che vai trovando? Non vedi che sono impegnato?"

"...... no adesso, ma quando finisce la festa dei mondiali, a Big Gimmo me lo regali a me?"

" eh si va bbuo'. Poi vediamo"

Giornata indimenticabile. Avevo appena vinto un mondiale e un Big Gym nuovo nuovo!

TRASFORMAZIONE

"Papà, ma perché il vostro mondo era in bianco e nero e il nostro, invece, è tutto colorato?"

Proprio così. Da bambino pensavo che l'infanzia dei miei genitori o che la vita dei miei nonni, fosse esattamente come nelle foto d'epoca.

Che l'impianto scenografico, su cui si muovevano le loro esistenze, fosse fatto perlopiù di varie tonalità di grigio o, alla meglio, in virato seppia.

Mi ero anche immaginato che la cosa dipendesse in gran parte dalla povertà da cui provenivano, dalla miseria, dalle privazioni di cui avevano sofferto e da un certo senso di precarietà a cui erano state soggette le loro vite.

Magari, che ne so, erano state proprio le guerre, i tedeschi, le bombe, i *muorte accise* o le città in rovina, che avevano assorbito tutti i colori.

Io *mi pensavo* che, da un certo punto in poi, quando finalmente arrivarono prima la libertà e dopo il benessere, qualcuno col pennello si era aggiudicato l'appalto generale per colorare l'Italia. Perché se no, come si spiegava che, all'improvviso, quando poi sono nato e cresciuto io, già era tutto azzurro, giallo, blu, verde e tutto il resto? Insomma tutto colorato.

"*Se, comme no*!" rispose mio padre "*'O saccio io come sono andate le cose. Quando diventi grande te lo spiego.*"

Nel cortile della scuole di San Biagio, nel suo mondo in bianco e nero, mio padre ci giocava a pallone. Correva e si rovinava quei pochi panni e le uniche scarpe che aveva. Sudava, ma era felice. Puzzare di sudore, alla fine degli anni 50, non era ancora diventato il grave problema sociale che è ai nostri giorni. I deodoranti neanche esistevano e '*i guagliuni*, se, e quando trovavano un pallone o altro oggetto sferico, abbastanza morbido da poter essere preso a calci, non ci pensavano su due volte e cominciavano a corrergli dietro come degli ossessi, incuranti della fame atavica che li perseguitava. E allora immagino si sentissero voci e grida come queste:

-"Uè passa sta'palla, ma chi te cride d'essere, Jeppsónn (*)?"
-"Statte zitto scemo, quando mai hai saputo jucà 'a pallone tu?"
- "L'ho detto io ca chisto si crede d'essere 'o Banco 'e Napole, ma vattenne va!

La chiesa di San Biagio e il monastero benedettino a essa collegato formavano un tempo un unico grande complesso, con almeno due chiostri e svariati cortili all'Interno.

Dal dopoguerra tutti se lo ricordano già spezzato a metà. La parte sud, risparmiata dal bombardamento del 1943, era rimasta ad uso delle monache di clausura. Quella nord, ormai senza più torre campanaria, le cui macerie giacciono ancora ammassate sotto una fila di arcate solitarie, fu sistemata alla meglio e adibita a scuola elementare e alloggi per famiglie. Di queste famiglie, ve ne erano vari nuclei distribuiti nel seminterrato, oltre a quella dei miei parenti al piano più alto, quello della scuola.

'*Onna Vicenza* era la custode dell'istituto scolastico pubblico, ma tutti la chiamavano *"'a bidella"*. Suo marito invece, *'On Adolfo de Luca*, rispettato e temuto patriarca, era, a tutti gli effetti, il sindaco di quella comunità.

Il sole picchiava forte, nel mondo senza colori di papà, in primavera o, peggio ancora, in estate. Le partite duravano ore, e ogni tanto bisognava spostarsi all'ombra per rinfrescarsi.

Al riparo di un arco antico e malconcio, nello stesso angolo del cortile dove mio padre cercava refrigerio, si piazzava spesso un ciabattino col suo banchetto.

A Pasquale *'o scarpar*, lavorare in mezzo *all'ammuina* degli scugnizzi non dava fastidio, anzi probabilmente lo trovava anche piacevole. Gli facevano compagnia e la loro vivacità gli trasmetteva energia e alimentava la forza ed il ritmo dei suoi colpi di martello mentre modellava pezzi di cuoio per vecchie suole da recuperare.

Doveva essere un cortile veramente animato e chiassoso quello di San Biagio, dove risuonavano, amplificati dal riverbero degli antichi muri in tufo, non solo gli schiamazzi dei giovani calciatori, ma anche le urla di venditori e delle madri disperate alla ricerca dei figli.

Don Pasquale in quel periodo sembrava stranamente interessato a scambiare qualche chiacchiera con mio padre. Anche quel giorno, non perse l'occasione propizia quando questi si fermò a riposare al fresco vicino al suo banchetto durante una pausa della partita in corso in quell' improvvisato e polveroso campo del cortile di San Biagio.

-*"Guagliò, che d'è ne? State perdendo eh?"*

-*"Ma quanto mai, mo' ritorno a giocare io e 'i facimme nuove nuove"*

-*"Azz! Sei forte tu! Siente nu poche, ma tuo padre a che ora torna stasera?"*

-*"Pasqua', ma io che ne saccio, chillo fatica sempre fino a tardi, ma a volte torna prima. Dipende. Ma perché 'o vulite sape'? Vi serve qualche cosa?"*

-*"No niente. Era accussì, tanto pe' parla'"*.

Questo fatto a papà *piccirillo* gli suonò strano. Perché quella domanda? Cosa gliene importava?

Si rese conto che Pasquale, con una scusa o un'altra spesso e volentieri, gli *spiava sempre 'a stessa cosa*. Così cominciò ad osservarlo e notò che *'o scarparo*, puntualmente, all'ora in cui tornava il sindaco, *nun se faceva mai truvà*. Insomma, faceva sempre in modo di sbaraccare prima, di *arrecettare* 'o *bancariello* e sparire.

Papà, sempre più insospettito, prese a spiarne i movimenti e a fare attenzione alle sue parole.

Finì che Pasquale e 'On Adolfo una sera si incrociarono e fu un giorno che a San Biagio qualcuno se lo ricorda ancora.

Il ciabattino fece tardi, si vede, per terminare qualche riparazione e se lo ritrovò davanti mentre cercava, frettolosamente, di mettere via le sue cose.

Le urla di Don Adolfo rimbombarono tra gli spessi muri, gli archi e le colonne di San Biagio, esaltate dall'improvviso silenzio di tutti gli astanti.

"T'aggio ditto che tu qua dentro non ci devi venire. L'hai capito o te l'aggio fa' capì io a modo mio? Vattenne â *cca', vattene, ommo 'e niente*"

Io mio nonno non l'ho mai conosciuto. Morì che mio padre era ancora ragazzino e lui ne ricorda una certa severità e i pochi gesti di affetto ricevuti, ma non cattiveria o prepotenza da guappo. *I figli se vasano 'nsuonno,* si diceva. E visto che i figli si baciano solo quando dormono, a mio padre restò poco da ricordare se non che Don Adolfo a San Biagio era ritenuto uomo giusto e autorevole da tutto il vicinato e il ricordo di quel gesto inspiegabile, di come era stato trattato il povero Pasquale, fu, per molto tempo, una specie di ferita aperta per mio padre. Sul bisogno di colmare il suo immaginario con una proiezione del tutto positiva del genitore che perse in giovane età incombeva questa ombra scura che ne offuscava il ricordo. Per fortuna dopo tanti anni gli fu raccontato, da una zia presente all'epoca dell'accaduto, tutto l'antefatto e ne ebbe finalmente soddisfazione. Allo stesso modo con cui probabilmente era stato riportato a lui cioè, con il tipico stile di racconto dei miei parenti cresciuti a San Biagio pieno di dettagli secondari e digressioni, cominciò a riferirmi come era andato tutto il fatto, partendo ovviamente da lontano e, come spesso accadeva, con una domanda.

"Tu 'o cunosce a chillo 'e Cappiello, l'imprenditore edile?" Quello dei palazzoni, quello che ha fatto pure il Parco Cappiello? Che ha costruito il villaggio turistico sul mare distruggendo chilometri di costa e di pineta? Certo che lo conosci. Il suo nome è ovunque, ma ai tempi di papà mio, quello lla' nun era ancora nisciuno. Era 'nu muorte 'e famma.....'".

Mentre il paese, piano piano, si riprendeva dal disastro della guerra, la città di Aversa e con essa il monastero di San Biagio venivano riordinati alla meglio. L'amministrazione comunale affidò al futuro palazzinaro Cappiello il compito di recuperare nuovi locali da adibire ad aule per la scuola. Un ambiente enorme, ricavato da un sottoportico al piano più basso dell'edificio, fu adattato a deposito di materiale di vario genere di proprietà del comune.

Lo stesso locale era anche usato, dall'impresa omonima, per stoccare i prodotti, i composti edili e gli attrezzi per i lavori che stavano effettuando nella scuola.

A termine di una di queste giornate lavorative, gli operai di Cappiello caricarono sul camion della ditta i loro attrezzi e, per ordine del loro *masto*, anche un po' di materiale di proprietà del comune, di cui 'Onna Vicenza era ovviamente responsabile.

Mio nonno se ne accorse o magari sospettava già qualcosa e quel giorno si appostò per cogliere sul fatto operai e imprenditore. Scese come una furia l'antica e lunga rampa di scale nere che da casa sua portavano al cortile e si affrettò a chiudere l'unico portone di accesso a quella ala del vecchio monastero di San Biagio per impedire che il camion di Cappiello potesse allontanarsi dal cortile e gli si piazzo davanti.

"Cappie', ma famme capì. Tu ti sei messo in testa di farmi passare un guaio? Forse pensi di avere a che fare con un fesso? Andate immediatamente a scaricare dal camion tutto quello che non è vostro".

Dal suo angolo del cortile, nella sua solita postazione di lavoro, Pasquale avvertì aria di agitazione e, spinto dalla curiosità o, chissà, da quella innata inclinazione che ha certa gente di ficcare il naso ovunque, fu il primo a muoversi. Lasciò il *bancariello* e andò verso la zona del portone che era poco più avanti, per capire cosa stava succedendo. Fu così che ebbe modo di vedere chiaramente che Cappiello aveva in mano una pistola e che la puntava verso 'On Adolfo e di sentire perfettamente le minacce che gli rivolgeva intimandogli di aprire il portone.

Poco poté mio nonno di fronte all'arma puntata contro, ma non essendo tipo da farsi mettere i piedi in testa facilmente, dominò l'ira che in una situazione diversa lo avrebbe portato a fare un *paliatone* al ladro e poi, temerario, gli promise solennemente che non sarebbe finita così e che l'avrebbe portato in tribunale.

Cappiello e i suoi operai lasciarono San Biagio con la loro roba più un bel carico di materiale che non gli apparteneva.

'On Adolfo, da uomo d'onore quale era, mantenne la promessa e in effetti ci fu una denuncia e un processo, ma in assenza di testimoni. Perché certi ciabattini, a quanto pare, possono avere problemi di memoria.

Nessuno sa se Pasquale ricevette qualche minaccia o fu solo abituale omertà, fatto sta che mio nonno perdette la causa, gli toccò pagare anche le spese processuali e probabilmente risarcire il comune per il materiale rubato, mentre l'imprenditore-ladro Cappiello ovviamente la fece franca e, quel che è peggio, da quel momento in poi nessuno poté più fermarlo.

Terminato il suo racconto, mio padre mi guardò negli occhi e si rese conto che la sua storia mi aveva colpito nel vivo. Provavo, tutte insieme, una serie di sensazioni poco piacevoli e ci ero rimasto male. Ero arrabbiato per l'ingiusto trattamento subito dal mio povero nonno. Pur non avendolo mai conosciuto, gli dovevo il mio stesso nome. Ero indignato per il comportamento da infame del ciabattino ed ero oltremodo furioso per il fatto che uno come

Cappiello l'avesse fatta franca e tutto questo risentimento, lo stesso che aveva provato anche lui a suo tempo, si leggeva chiaramente sul mio viso. Si prese una piccola, ma perfetta pausa teatrale e poi concluse dicendomi: "*Vedi 'a papà, è vero che il tuo mondo è a colori rispetto al mio ma mo' lo hai capito in mano a chi è andato a finire il pennello?*"

(*) **Hans Olof Jeppson** è stato un calciatore svedese, attaccante del Napoli di Achille Lauro (proprietario della squadra ed all'epoca anche sindaco della città) che lo ingaggiò per l'allora ingente cifra di centocinque milioni di lire nel 1952: a causa di questa somma pagata dal Napoli, i tifosi napoletani lo ribattezzarono '*o Banco 'e Napule* (il Banco di Napoli).

UN TAVOLO DI LEGNO MASSICCIO

di Adolfo de Luca

(*ma sarebbe più giusto dire di 'On Arturo de Luca*)

Il tavolo di legno massiccio che zi' Artù si era fatto fare su misura da un falegname di sua conoscenza era bellissimo. Il ripiano, un lungo rettangolo scuro, terminava nei due lati più corti con due semicerchi perfetti.

Su misura vuol dire grande abbastanza per farci stare seduta tutta la famiglia, che di per sé comprendeva sette elementi, più la cognata *signurina* e tutti gli ospiti che di volta in volta si presentavano a casa de Luca per pranzo, cena o anche per un semplice caffè. Era un tavolo degno di un grande capo famiglia, ruolo in cui Zi Artù si destreggiava mirabilmente. Anzi, a dire il vero, lui si sentiva piuttosto una specie di capo dinastia. Pare, infatti, che i de Luca avessero un tempo antichi possedimenti, un casato e un titolo andato perso di cui restava, come unica testimonianza, solo il *"de"* nel cognome da anteporre rigorosamente in minuscolo. Poco più di una affascinante favola, che però aveva anche qualche risvolto poco onorevole, raccontato a mezza voce dai grandi.

Si vociferava infatti del figlio illegittimo di un nobile napoletano che sarebbe poi divenuto il capostipite del ramo della nostra famiglia. Quanto a nobiltà e ricchezza, non gli era toccato ereditare nulla, ma lavoro e sacrifici si riprodussero copiosi nei decenni trasmettendosi a figli e nipoti. Ne era un classico esempio mio zio, che aveva iniziato da ragazzino a farsi il mazzo per dare da mangiare a fratelli, sorelle e altri parenti che dipendevano da lui.

Il tavolo di legno massiccio che zi' Artù si era fatto fare su misura da un falegname di sua conoscenza è ancora lì, al suo posto: zi Artù purtroppo no e prima di lui ci lasciò, un po' alla volta, la sua mirabile memoria. Aveva fatto il camionista quando ancora non c'erano le autostrade, andava su e giù per la penisola sulle vecchie statali e conosceva posti di cui neanche il più moderno sistema di posizionamento globale sarebbe in grado di indicare l'esatta collocazione. L'Alzheimer fu inesorabile e si prese la briga di cancellare poco alla volta da quelle sue mappe ogni luogo o ricordo. Quando la malattia ebbe rimosso tutta quella geografia, cominciò con i parenti. L'ultima volta che lo vidi era sdraiato, quasi paralizzato, sul letto dove sarebbe morto mesi dopo. Coperto da una coltre di lana e con un certo numero di cuscini dietro la testa per farlo stare dritto, notai subito che indossava il berretto di lana di alpaca che avevo comprato in uno dei miei viaggi in Sudamerica e che in una visita precedente aveva preteso gli regalassi. Come avrei potuto dire di no a zi' Artù? Credo sia morto con in testa il mio cappello o forse mi piace pensare che sia andata così.

Lui, ovviamente, in quell'ultimo incontro mi riconobbe appena.

Il fatto stesso che zi' Artù fosse immobile in un letto era di per sé un ossimoro. Una contraddizione in termini. Uno sfregio al suo vissuto di uomo di officina, di meccanica applicata, di mani perennemente sporche di grasso e profonda conoscenza di veicoli pachidermici condotti in ardimentosi e pionieristici viaggi a dominare impervi passi Alpini e Appenninici. Questo lo aveva reso, ai miei occhi, una miniera inesauribile di favolosi aneddoti e storie quasi incredibili. Lui, del resto, riteneva se stesso, pur non avendo mai studiato, la mente più fine e colta di tutta la famiglia. Nessuno di noi, ovviamente, figli o nipoti, aveva il coraggio di contraddirlo o di correggerne i congiuntivi.

Di tutte le visite fatte a casa di zi' Artù, delle volte che ci siamo seduti, delle chiacchiere, dei racconti o dei fatti successi e passati intorno a quel tavolo, sarebbe assolutamente impossibile stilare un calendario. Solo un giorno ha una data e un'ora precisa che nessuno potrà mai cancellare dalla mia memoria.

Il tavolo di legno massiccio che zi' Artù si era fatto fare su misura da un falegname di sua conoscenza fu l'unica cosa che, con ogni probabilità, non si mosse quel giorno. Come di consueto, nei fine settimana, attorno al maestoso tavolo sfilavano o sedevano familiari, parenti, amici e, in fondo, a capo tavola dal lato che dava sul finestrone della cucina, sempre lui, zi' Artù.

Quel giorno i discorsi dei grandi non mi interessavano e chiesi di poter andare a vedere la televisione.

Zi' Artù, oltre al tavolo, aveva anche un letto, anzi una camera da letto, maestosa.

Il giaciglio su cui ero seduto era altissimo, di legno scuro e, come il resto del mobilio, fuori moda e dall'aspetto decisamente tenebroso.

L'unico oggetto moderno in quella stanza era il piccolo televisore a transistor dal quale, a luci spente, guardavo il "telefilm". Non ero proprio a mio agio, perché dal grande comò con ripiano in marmo e specchio, mi osservavano diverse immagini religiose, una serie di foto in virato seppia di parenti morti e, soprattutto, una angosciante Madonna piangente vestita di nero e coperta da una imponente campana di vetro.

Nel tubo catodico c'era invece l'agente speciale John Steed con la sua inconfondibile bombetta, la giacca e l'ombrello che nascondeva la spada. Fu proprio su un primo piano della sua mano inguantata e tremante, che si avvertì il primo colpo. Un rumore, come di pesante oggetto caduto sul pavimento o sbattuto contro il muro, che mi fece sobbalzare. Pensai allo scherzo di un cugino, ma poi andò via la corrente e cominciarono a tremare insieme letto, armadio, comodini e tutto il resto del mobilio, insieme all'edificio.

Riuscii a fare solo qualche passo, poi, impietrito dallo spavento, rimasi in mezzo alla stanza in silenzio, immobile e completamente al buio.

Mi portò via mio padre. Fu un lampo, ebbi giusto il tempo di lanciare uno sguardo dal corridoio alla cucina. L'inesorabile stabilità del tavolo mi trasmise un barlume di speranza, in quella domenica 23 novembre del 1980, alle 19:35 circa.

Il tavolo di legno massiccio che zi' Artù si era fatto fare su misura da un falegname di sua conoscenza ha una memoria tutta sua e non è di tipo volatile. Come un enorme disco di vinile, negli anni passati in casa de Luca, ha registrato non solo storie di bambini e di adulti o fatti e circostanze, ma anche odori e sapori. La cucina in cui è ancora posizionato fu modellata apposta per contenerlo. Sa perfettamente apprezzare il valore di una semplice fetta di pane cafone condita con olio di oliva, origano e sale. Sono sicuro che è adeguatamente in grado di distinguere le domeniche dagli altri giorni della settimana, perché riconosce l'effluvio inconfondibile del ragù napoletano dalle meno impegnative preparazioni settimanali. Indubbiamente, sa anche selezionare un periodo di festa da un altro perché pizze, chiacchiere, lasagne, pastiera, tortano e tutto il resto, dalle mie parti, segnano il ritmo delle stagioni. Sa che l'estate è nell'aria, se si trova ricoperto di bottiglie e barattoli di pomodori fatti in casa o di verdure sott'olio e pesche da sciroppare.

Il tavolo serviva alle necessità di una famiglia numerosa, alle riunioni con vicini e conoscenti e alle frequenti visite dei parenti. Nei suoi attuali circa quarant'anni di servizio permanente effettivo, ha conosciuto e accudito una certa quantità di bambini, giovani e vecchi, ma di fatto è molto più maturo di quello che la sua età anagrafica non dica, poiché si e appropriato delle storie dell'infanzia di zi' Artù, cominciate in altri luoghi, in un altro tempo, in una zona diversa e più antica della città, cioè a San Biagio.

L'ultima volta che mi ci sono seduto ho constatato che era ancora in ottimo stato. Era stato fatto con maestria, ma non ho potuto fare a meno di percepire, tra le linee e i nodi visibili del legno laccato e lucido, una certa sensazione di disagio, un chiaro riflesso di tristezza e nostalgia.

È di un legno scuro, forte, resistente, con una memoria indelebile, ma anche e soprattutto di materia sensibile e malinconica *Il tavolo di legno massiccio che zi' Artù si era fatto fare su misura da un falegname di sua conoscenza.*

CONFINI, DISTANZE E FANTASMI

I confini della provincia di Caserta per me rappresentavano le colonne d'Ercole, anche se in realtà si trattava di quelle di Giugliano. Lì finiva il mio mondo. Dopo c'era un mondo inesplorato e spaventoso da scoprire, terra per lo più straniera e abitata da tribù di cannibali, in un certo senso. Dal finestrino laterale della nostra Cinquecento osservavo i fotogrammi del paesaggio proiettati dalla statale mutare davanti ai miei occhi. Finite le case e le altre costruzioni in cemento, cominciava una lunga fila di alberi, con le loro linee bianche pitturate sopra e dietro la campagna, che scivolava lenta e annoiata.

Aversa finisce più o meno *'ngopp 'o Ponte 'e Mezzotta* e pare che *'na vota*, da quelle parti, *ci stava* una masseria. Papà, ci portava a comprare il pane là intorno, ma io non me la ricordo la masseria e non ho mai neanche capito dove sta questo ponte. Quello che sapevo e ricordo è che, da quel punto in poi, la strada verso le mie paure proseguiva decisamente in discesa.

Arrivati a Melito, a iniziare proprio dall'incrocio dove sono posizionate le colonne, dal parabrezza e dai vetri laterali, la prospettiva di strade, viali e palazzi cambiava drasticamente rispetto a ciò cui ero abituato. Non mi sentivo più al riparo, fuori dal mio piccolo forte, dai posti e dalle strade con cui avevo confidenza, lontano dalle facce della gente conosciuta.

In realtà, già della mia città sapevo molto poco e preferivo quando ci si spostava cautamente, oltre i suoi margini, perché i dintorni di Aversa mi risultavano comunque più congeniali. Forse perché mi trovavo più a mio agio in quel territorio pianeggiante, con i suoi edifici più bassi e meno imponenti.

Avvicinarsi a Napoli, invece, significava dover spostare continuamente *la capa* su e giù nel tentativo di osservarne gli enormi ed antichi palazzi e per di più, all'improvviso, si cominciava a salire e a scendere, fra i quartieri alti e le vecchie frazioni ormai urbanizzate, tanto che sembrava di andare sull'ottovolante. Insomma, a me Napoli e la sua provincia mettevano letteralmente le vertigini.

"Quella Aversa, alla fine dei conti, è piccerella!". Io me la faccio tutta quanta a piedi da una parte all'altra e ci metto mezz'ora, se mi impegno. Hai voglia a costruire case nuove e palazzi. Le campagne, soprattutto quelle delle viti di Asprinio e di noci, sono sparite. Di terra quasi non ce n'è più. Ormai, quando finisce un comune ne inizia subito un altro. Ci stanno strade che, se ti affacci dal balcone di casa, la finestra di fronte si trova già a Casaluce o a Trentola, a Lusciano, a Carinaro. Solo in direzione di Napoli, verso sud, c'è ancora oggi quel po' di spacco a marcare la distanza. Ma di quale distanza stiamo parlando?

La distanza che tenevo io nella mia testa, ad esempio, era puramente illusoria, perché pensavo che certe cose ad Aversa non potessero succedere. Intendo la morte, ma non la morte in generale, che già facevo una certa fatica a comprenderla, ma la morte innaturale e violenta delle esecuzioni camorristiche di cui, man mano che crescevo, cominciavo a sentir parlare sempre più spesso.

'O fatto è che se hai conosciuto una persona e quella poi muore di vecchiaia o di malattia, ti dispiace, ma alla fine pensi che è normale. Se invece hai conosciuto uno e quello muore ucciso non te lo riesci proprio a spiegare e ti rimane un segno indelebile nella memoria, come se fosse una piccola scheggia di legno conficcata in testa che ogni tanto, smuovendo i ricordi, ricomincia a pungere.

Non è necessario che quello sia tuo parente; *il muorto acciso* che tu hai conosciuto rimarrà sempre in un angolo del cervello a pretendere la tua pietà. Come se ti volesse far pesare il fatto che *tu si' ancora vivo e 'a isso, invece, gli hanno tolto il diritto di vivere.* Il morto ucciso, conosciuto, è un fantasma. Un tipo di fantasma particolarmente persistente a livello emotivo e mnemonico.

Il primo evento in assoluto successe ad un nostro parente acquisito. La notizia apparve anche su una pagina di un giornale locale, ma i grandi non me lo vollero far leggere. Quel fatto all'inizio si raccontava sottovoce, poi piano piano ne vennero fuori i particolari raccapriccianti ed io, tutti, pensammo subito alla moglie, ai figli.... *"E mo' come fanno?"*

Non mi sono mai neanche chiesto perché fosse successo. Si diceva *"ma chillo era 'nu buono guaglione"* ed io non avevo alcun motivo di dubitarne.

Ma stiamo parlando di Secondigliano, quel vasto quartiere a nord di Napoli che un tempo non era altro che una insieme di masserie sparse sul territorio e lontane una dall'altra e che ora invece ha un corso lunghissimo e caotico che porta fino all'aeroporto di Capodichino, alla Doganella e da lì in giù, nel cuore popoloso e urlante del centro cittadino. Secondigliano era distante. In base ai punti di riferimento della mia personale mappa mentale di allora, veniva subito dopo la torre di torrefazione della Kimbo, alla fine di Melito. Ed è per questo che credevo, o volli convincermi, che queste cose accadessero solo in quel lontano "far west" che stava oltre le colonne di Giugliano. Io ero al sicuro nel mio forte. Ma le cose non stavano proprio così.

A cominciare dagli anni Ottanta, ovvero dopo il terremoto, Napoli e Aversa, in qualche modo, finirono con l'avvicinarsi. Le distanze si ridussero e quei confini che io credevo solidi e invalicabili collassarono definitivamente.

Lo capivo da come parlava la gente, *"io me faccio i fatti miei, di queste cose non ne voglio sapere niente"* oppure *"finché s'accideno fra di loro, a nui che ce ne importa"*, *"Io tengo famiglia"*. Altre volte invece, in modo più chiaro e diretto, *"hai visto s'hanno fatto a chillo ajére sera, l'hanno sparato".*

Io ascoltavo, senza fare domande e cercavo di capire se stavano parlando di qualcuno conosciuto o meno perché non volevo essere costretto a ricordarlo. Temevo che la mia testa si popolasse eccessivamente, di questi personaggi.

Con raccapriccio, capii molto presto che non avevo ancora visto e sentito tutto, in fatto di fantasmi. Col tempo avrei scoperto che ne esisteva una specie diversa e anche più singolare del *muorto ucciso*, ed era *'o muorto vivo.*

La differenza sostanziale dal primo è che il morto vivo ha la fortuna, o la disgrazia, dipende dai punti di vista, di scampare miracolosamente all'agguato. Sono una rarità e io, manco a dirlo, ne conobbi uno.

Il mio morto vivo, da quello che si raccontava in giro, si salvò perché finse di morire.

"Ma chella 'a gente parla, dice un sacco di cose senza capa né coda, vai a sape' se 'e fatte sono andati proprio così".

Magari perse semplicemente conoscenza e gli andò bene.

Fatto sta che finì sotto un altro cadavere coperto dal sangue suo e di quell'altro, che poi era suo fratello.

Dopodiché fu costretto a vivere una vita da sepolto vivo insieme a tutta la sua famiglia nel dubbio che chi aveva iniziato quel maledetto lavoro poi lo volesse anche portare a termine.

Il morto vivo che ho conosciuto io riapparve, ai miei occhi, dopo svariati mesi, con una faccia dai connotati decisamente cambiati, per via dei colpi d'arma da fuoco ricevuti. Lo si notava chiaramente, nonostante i voluminosi occhiali neri da sole che avrebbero dovuto celare la faccia ricostruita dai chirurghi plastici.

Rimasi impietrito a guardarlo, terrorizzato. Non potevo togliergli gli occhi di dosso. Poi mi resi conto che il mio terrore non aveva senso. Quel morto vivo, ma credo sia caratteristica comune a tutti i morti vivi, era fin troppo impegnato a vivere lui stesso nella paura, per poterne fare agli altri.

Fantasmi, morti vivi o uccisi che fossero, io non ne volevo, intorno a me. Avrei preferito relegare tutti loro nell' oblio più totale. Invece non era e non è possibile.

E allora, mi resi conto che non era più il caso di avere timore di varcare quei confini o di porre limiti alle distanze da marcare tra la mia città e il mondo, un mondo altro, diverso e, magari, migliore, tutto da scoprire.

Sono andato ben oltre le colonne d'Ercole o di Giugliano nella mia vita e sono diventato quasi un nomade senza terra né radici. Ogni nuovo posto vissuto e conosciuto, però, diventa sempre e solo una scusa per un continuo ed inevitabile ritorno.

È un po' come tornare dalla donna che ami, dopo aver avuto un duro scontro, con la ferma volontà di voler far pace perché ti è mancata, hai bisogno di lei e lei di te.

La stringi, la baci forte. Come per marcare il senso di appartenenza reciproco e ridisegnare il limite del territorio di quella passione. Ogni urto con lei è doloroso perché lei è terra che partorisce e rimprovera e tu figlio che rinnega e poi riabbraccia.

Ma in fondo sai già che, prima o poi, inesorabilmente, ci litigherai di nuovo.

LA PARIETARIA, LA PIETRA LAVICA E IL TUFO

La parietaria deve avere una predilezione particolare per la pietra di tufo. Vai a sapere perché.

Immaginare un muro di pietra gialla senza quelle piantine attaccate sopra è quasi impossibile. Non al sud. Non restituirebbe più quel senso di abbandono e di mancanza di cura. Non emanerebbe quell'odore e non darebbe più quella sensazione di sporco. Non più, infine, andrebbe a "significare" perfettamente tutti quei secoli di bellezza accumulata e poi nascosta.

La parietaria domina sui muri di tufo giallo che scendono a terra e si incrociano con altri elementi architettonici di origine vulcanica. La pietra lavica delle strade.

D'estate, sul basolato consumato o mezzo scalzato, c'era sempre qualche rimasuglio di frutta o di foglie di verdura lasciate a marcire, abbandonate dai fruttivendoli di passaggio. Quelli si piazzavano in un posto strategico del centro, col loro carretto, l'ape piaggio o il camioncino a vendere la loro mercanzia, la ripulivano dai pezzi andati a male o dal fogliame inutile e lo scarto finiva per terra. Spesso si incastrava nelle *senghe*, cioè tra le fessure tra una pietra e l'altra. Rimaneva quell'odore acido di pomodori San Marzano o di pesche gialle o di albicocche marce spiaccicate e cucinate sulle piastre calde di roccia.

I basoli, a forza di continui passaggi di pneumatici, puzzano di catrame e benzina; insieme ai muri e i portoni dei palazzi, si impregnano di polveri irrespirabili e pesanti per quanto si chiamino sottili.

La parietaria invece, soprattutto se strappata, non perde mai il suo profumo indescrivibile e allo stesso tempo inconfondibile. Ricorda vagamente quello dell'ortica, di cui è parente stretta, ma a forza di abbarbicarsi sulla pietra gialla scava, mina, deforma e si impregna di zolfo.

La pietra lavica levigata e deforme di quei basoli, che rimangono spesso scardinati dal passaggio continuo dei pesanti veicoli moderni, da sempre scaldandosi al sole cucinano suole di vecchie scarpe e sopportano il passaggio di ruote di ogni tipo, oppure fanno schizzare sulle caviglie dei passanti l'acqua piovana, che si infiltra nel vuoto e che si va a depositare sotto, tra un masso e l'altro.

Il tufo, rubato al sottosuolo per lasciare posto a grotte, pozzi, antichi acquedotti o fosse comuni per i morti della peste, viene poi lavorato e squadrato in mattoni pesanti, si erge in altezza e modella antichi e gloriosi palazzi o semplici muri regolari e maestosi.

Quel materiale costruttivo meridionale, unico nel suo genere, identitario, nobile, radicato, manipolato in forme irripetibili, con la malerba che cresce e lo ricopre forma un insieme suggestivo di opera umana e naturale tentativo di riappropriarsi di spazio, edificato e poi lasciato a sé stesso.

Quegli angoli perduti di città dove si è cresciuti, spesso ignorati nella quotidianità dal viandante locale, diventano invece immagini iconiche, rimandano a odori ancestrali, riaccendono ricordi d'infanzia mai veramente archiviati, ravvivano il legame tra quella terra remota e i suoi figli lontani, nostalgici e dispersi per il mondo.

RACCONTI DI SAN BIAGIO

LA CARROZZA CON LA PAZZA

E' sempre stata una donna di carattere, autoritaria e forte mia zia Clelia. Lo è diventata per forza di cose. Perdere il marito ancora giovane alla fine degli anni '60 e rimanere sola con tre figli da accudire, non è cosa da poco. La città e la sua gente erano ancora molto all'antica, allora. No, non era cosa da poco.

Lei però metteva, e mette ancora oggi, in riga chiunque. Balla. Va in discoteca, si insomma in balera, non so di preciso dove. Ha ottanta anni e va a ballare. Un monumento umano all'emancipazione femminile. Indossa ancora i suoi classici cardigan di lana per girare in casa. Di quelli che si abbottonano, si chiudono a formare una V, lasciano in evidenza il risvolto della camicia sottostante e, solo parzialmente, il décolleté. Non che avesse mai avuto un seno particolarmente prominente. Alta poco più di un metro e sessanta, di corporatura asciutta considerando i figli messi al mondo, ma l'impostazione decisamente impettita, che le serviva come arma di difesa e attacco in tutte le sue battaglie quotidiane, la faceva apparire molto più procace. Non l'ho mai vista indossare vestiti neri come simbolo del lutto e a me resta solo il vago ricordo di una spilletta nera sul golfino; oggi, non mostra neanche più quella. Ci mancherebbe. Neanche questo era cosa da poco per quei tempi, quando le vedove si vedevano costrette, loro malgrado, a rimanere bardate di nero per un tempo imprecisato. Zia Clelia invece affrontava mirabilmente il borgo e il centro coi suoi maglioncini colorati, le camicette di seta, le gonne alle ginocchia e i tacchi mai molto alti. Aveva sempre qualche vistosa spilla sui vestiti o un pendente a decorare il collo. Alle orecchie invece, semplici orecchini di perla alternati con altri più voluminosi con pietra incastonata che metteva solo per i giorni di festa. Magari li indossa ancora adesso, si prepara di tutto punto, mette su una giacca di pelliccia, una sciarpa, sistema i suoi capelli non lunghi, ma sempre in ordine, gonfiati con il fon e tenuti a forza di nuvole tossiche di lacca cementizia, e se ne va a ballare. Ha ottant' anni e va a ballare. Beata lei. Non sapevo neanche che esistessero le balere in Campania. Mah… *"Ci sono più cose in terra e in cielo…"*

Clelia era bidella, dicono così, ma in realtà era custode di scuole elementari. Prima le era toccata come eredità il posto a San Biagio, quello di sua madre e poi, quando le scuole furono definitivamente chiuse, perché dopo il terremoto divennero alloggi per gli sfollati, passò a San Domenico, al controllo di scuola e biblioteca. Di vero controllo si trattava. Lei era *'o masto*. Lo è stata fin quando poi non è andata finalmente in pensione. Oltre al suo lavoro ufficiale di dipendente comunale, era anche sarta. Una sarta molto brava tra l'altro, una delle più richieste del borgo. Aveva tutta una sua corte di donne e pupille che si muovevano a suo comando. Occhi bassi, tanto impegno e mai sgarrare. Era consentito *'nciuciare*, ma solo se la cosa garbava a mia zia. Uscire fuori dalle righe, quelle che tracciava lei ovviamente, non era consentito. Neanche alle più anziane. Anche loro venivano redarguite a dovere, se era il caso.

Nel grande ambiente che faceva da cucina e sartoria, l'odore delle stoffe spesso si mescolava con i sughi che *pippiavano* sui fornelli. Per terra, tra gambe giovani e meno, che si muovessero per la stanza o pendessero da una sedia, ci trovavo sempre residui di stoffe, sfilacci di cotone e ogni tanto qualche ago o spillo disperso che puntualmente rubavo e mettevo via di nascosto.

La radio, sempre accesa a trasmettere le canzoni del festival di Sanremo o sintonizzata sulle frequenze di qualche radio libera napoletana, si univa al frastuono di pentolame, posate, forni e credenze scricchiolanti quando era ora di pranzo e, insieme al rumore costante delle macchine da cucire, faceva da sottofondo sonoro al gran lavorio nella sala grande dell'appartamento. Questo era San Biagio nel pieno del periodo Zia Clelia. Delle macchine da cucire ricordo principalmente quelle più moderne, quelle elettriche. Non credo di averne mai vista una a pedale meccanico, come la Singer che usava invece mia nonna.

Ovviamente non riuscii a resistere alla curiosità di toccare uno di quei moderni comandi e feci casino. Dovette chiamare un tecnico specializzato, per rimetterla a posto.

"Nun tucca' cchiù 'e machine pe' cosere o si no cca' nun te faccio venì cchiù!"

C'era da scommetterci. L'ho detto, donna autoritaria, forte, impetuosa. Non mi aveva mai sgridato prima credo. Mi bastò e promisi. Non so se sono riuscito poi a mantenere quella promessa, ma di sicuro non mi sono più fatto beccare.

Gli ambienti che occupava zi' Clelia a San Biagio con i suoi figli erano gli stessi che occupava prima tutta la famiglia di mio padre, anche lui cresciuto fra quelle mura.

Quelle stanze erano la location ideale per un racconto dell'orrore. Le immagini che ogni tanto mi tornano alla mente sembrano fotogrammi magistralmente realizzati da un maestro del brivido. Hitchcock ci sarebbe andato a nozze. Io non facevo il regista; facevo il cagasotto, però non riuscivo a resistere alla tentazione di esplorare quelle stanze buie, alte, ampie e arredate con antico, imperioso e scricchiolante mobilio da fiera dell'orrore. Il tutto poi era condito da foto di morti e immagini di santi sanguinanti alle pareti e sui comodini e, per finire, da lunghi e pesanti tendaggi alla mantovana, di quelli a caduta, pieni di drappi con decorazioni sugli orli che a me facevano venire letteralmente la pelle d'oca. Temevo vi si celassero dietro terribili creature provenienti dall'oltretomba, soprattutto nelle stanze dove le signore andavano a provare i vestiti fatti su misura. Anche quando gli ormoni cominciarono a vibrare morbosamente all'idea di poter spiare le signore svestite, non ebbi mai l'ardire di nascondermi dietro una di quelle tende per osservarle di nascosto.

Oltre all'appartamento, l'intero San Biagio era, una specie di castello pieno di misteri e di angoli oscuri, fatti apposta per nascondere sordide storie e pericoli di ogni genere.

Sullo scalone a pianta quadrata, per esempio, largo, enorme, spuntavano sui muri archi morti e piccole rientranze o addirittura porte che nessuno mi ha mai saputo dire dove portassero. Passaggi segreti, sicuro. Dall'altra parte della struttura ci sono ancora le monache di clausura. Secondo me più che di clausura erano state proprio murate vive, ma apparentemente avevano tutto l'occorrente per sopravvivere. Avevano un bellissimo giardino con piante di limoni, aranci, peschi e tanti animali, soprattutto galline e conigli che di tanto in tanto finivano nel pentolame di zia Clelia a insaporire anche le stoffe da cucire.

Riuscivamo a vederlo dai balconi che davano sul giardino interno e poteva capitare anche di scorgere improvvisamente una di quelle anime claustrali e in pena, che però spariva rapidamente alla nostra vista. Erano esseri inafferrabili.

A metà tra il primo e il secondo piano sui muri scrostati, in mezzo a qualche finto arco trasparivano ancora pezzi di vecchi affreschi. Di uno di questi si intravedeva ancora qualche rimasuglio di colore e si percepiva la forma. Un volto, ormai pixelato, di un uomo o di una donna, ma con una voluminosa acconciatura ondulata. Tanto bastava per farsi venire la pelle d'oca. "*Non bisogna guardare. Se non li guardi non ti possono fare niente*". Questo pensavo. Era il mio meccanismo di difesa e lo usavo anche con tutti i santi, le immagini religiose o il volto di Gesù che, si sa, ti osserva ovunque tu vada e infatti se tu lo fissi negli occhi, lui ti rifissa. Dicono che sono buoni, questi santi, ma vai a sapere perché sono così invadenti. *Non guardare. Non guardarli. Non ragioniam di lor...*

Zia Clelia con le storie di San Biagio ci marciava, a mio avviso, e le usava a suo uso e interesse e, per quanto ad alcune avesse pure ingenuamente creduto, sono sicuro che per lo più ci ricamava su per evitare che noi nipoti mettessimo il naso e le mani in posti pericolosi in giro per la scuola o l'appartamento.

Guarda caso, venne fuori che a San Biagio *c'accompariva*, cioè che in quell'antico monastero, girovagava indisturbato, il fantasma della Regina Giovanna. Cominciarono a raccontarlo alcune ragazze della mia età che frequentavano la scuola di sartoria e con cui scambiavo qualche chiacchiera, spinto dai primi interessi per l'altro sesso. Questo succedeva perché la zia custode, sarta e ballerina aveva sentito dire, ma lei lo dava per certo alle sue donne come se lo avesse visto davvero coi suoi occhi, che a San Biagio per un certo periodo fosse stata nascosta la carrozza della più sanguinaria di tutte le regine che il regno di Napoli avesse mai conosciuto. Da lì a trarne la conclusione che l'anima della nobildonna angioina, al secolo Giovanna II d'Angiò-Durazzo, fosse rimasta incastrata nella cabina della sua vettura, il passo deve essere stato breve.

Donna di carattere, autoritaria, forte, impetuosa che aveva passato la sua vita tra congiure di palazzo, lotte di potere, scontri col papato e incresciosi fatti di sangue.

Quello che non riuscivo a capire, però, era perché questa signora, che era stata tra le prime e più potenti sovrane d'Europa, avesse deciso di venire ad *accomparire* proprio ad Aversa e non a Napoli, dove aveva vissuto e regnato per quasi tutta la sua vita. Cosa non meno singolare è il fatto che nella mia città di nomi di regnanti, a parte quello di Giovanna, non ne sono mai circolati molti.

C'entra probabilmente l'immaginario popolare stesso della città di Aversa e di tutta una infinità di storie distorte che si raccontano e tramandano da secoli. Ci si ricorda di Giovanna II perché lei rimase in città per un certo periodo quando fu estromessa a causa di un lotta per la corona.

Non bisogna dimenticare poi che la regina era detta anche Giovanna la Pazza. Poteva mai esimersi dal venire a visitare quella che sarebbe poi divenuta la città dei manicomi per eccellenza?

Insomma Giovanna la sanguinaria, la pazza, l'ape regina, la regina assetata di sangue e sesso aveva lasciato parcheggiata la carrozza con la sua anima proprio a San Biagio. Ci mancava solo quello.

Lo scalone quadrato già scuro di per sé date le tonalità della pietra lavica e dei marmi consumati, la luce fioca, i muri di un azzurro cielo crepuscolare andato a farsi benedire da tempo e la ringhiera di ferro battuto e arrugginito. Gli angoli nascosti sui vari piani, gli archi morti e i calcinacci che affioravano da più parti dai muri di tufo danneggiati dal tempo, dall'incuria e dall'ultimo terremoto, e poi l'affresco del mezzanino erano diventati la mia ossessione. Di sera soprattutto, quando dovevo affrontare quella galleria degli orrori tutto da solo, prendevo un bel respiro e, partendo dalla cima, correvo a perdifiato giù per i gradini sconnessi, senza mai fermarmi, col rischio di spezzarmi il collo. Non ero l'unico cagasotto della famiglia, anzi. Ero in buona compagnia. I miei cugini, che a San Biagio ci abitavano, non salivano mai le scale da soli di sera ed erano anche più grandi di me. Loro chiedevano alla madre, zia Clelia, di aspettarli in cima allo scalone. Ovvio, solo lei avrebbe saputo affrontare eventualmente il fantasma di Giovanna. Per quanto autoritaria e sanguinaria potesse essere, l'anima perduta della sovrana avrebbe trovato pane per i suoi denti. C'era da scommetterci.

San Biagio era stato un unico, enorme antico convento un tempo e, ancora oggi, anche la parte ora abbandonata e a quei tempi adibita a scuola conserva parte di quella struttura. Quel lungo corridoio, per esempio, è caratterizzato da un enorme volta a botte che poggia su una sequenza di archi a tutto sesto. Molti di questi sono murati perché ciechi, altri invece si aprono su altre ali dell'edificio o in piccoli balconi che danno sui vari cortili. In fondo, sulla sinistra, poco prima delle scale, ce ne sono due. Sono quelli che si affacciano sul giardino delle monache di clausura.

Il mio piano di attacco era dunque semplice e il mio problema era scendere, non salire. Era lo scalone non l'ampio e lunghissimo corridoio che dall'ingresso dell'appartamento della zia conduceva alla rampa. Buio, luci fioche, muri e archi a trabocchetto, scale ripide e lunghe. Sapevo come fare, tecnica consolidata, gambe sciolte e allenate: avrei marcato un tempo da record quella sera. Il corridoio e i suoi balconi neanche li avevo considerati e li affrontai con noncuranza. Approccio tranquillo e poi, appena raggiunta la rampa, scatto improvviso. Tattica semplice ed efficace.

Caso volle però che da uno dei due balconi in fondo avvertii prima un rumore e poi una voce di donna.

Succede sempre così, come nei film: sai che non dovresti andare avanti verso quello che si preannuncia una brutta sorpresa e invece c'è sempre un irrazionale forza interiore che fa muovere il tuo corpo, gela il tuo raziocinio e ti fa fare il passo sbagliato. Parla. Mannaggia la miseria, parla pure quella insensata di una forza interiore. Che parla a fare?

Chi è? Chi ci sta' la dietro? Che volete?

Da dietro il supporto dell'arco del penultimo balcone che aveva una rientranza apparvero due occhi così chiari che riflettevano il buio e illuminavano appena un volto di donna un po' disfatto. I capelli sembravano quasi bianchi e la pettinatura era come quelle che si vedono nei quadri antichi coi boccoli o il parruccone, ne ero certo. L'affresco. Era lei.

Hitchcock in persona doveva aver architettato quella scena: sguardo, occhi negli occhi, pausa, tempi di *suspense* perfetti e battito cardiaco che interpreta un ritmo musicale calzante e incalzante.

Urlo, straziante: il mio. Urlo, feroce: di Giovanna. Fuga: mia, in ritirata verso l'appartamento di mia zia. E Giovanna? Persa di vista. Non mi aveva seguito. Questa era l'unica cosa che importava, per ora.

Mia Zia fu velocissima nel venire a soccorrermi.

Che succede? che è stato? Uh mamma mia.

'A zi' 'a zi', llà.... Giovanna. Ho visto a Giovanna 'a pazza stava lla' là in fondo...sta...

Ma che dici quale Giovanna?

Si zia si mi devi credere è uscita dalla sua carrozza, si è affacciata. Teneva una faccia brutta, occhi infuocati e una parrucca con i broccoli.

Quale carrozza? Che broccoli?

I ricci...i boccoli, i capelli tutti come le parrucche antiche.

Ma fossero stati bigodini? Vedi che quella non è Giovanna la pazza, ma quella scema di tua cugina che se non si ritira subito a casa me la trascino io per i capelli fino a dentro.

E infatti la trovarono mezza tramortita dallo spavento, col suo fidanzato, con cui si era appartata, che le faceva aria col fazzoletto. Le portarono dell'aceto per rianimarla, invece a me per riprendermi bastò un bicchiere d'acqua e poi urlare uno dei primi e più sentiti *vaffanculo* che abbia mai saputo tirare fuori in vita mia. Era indirizzato alla mia parente fantasmatica e attentatrice, ovviamente, ma subito dopo cominciai a riprendermi lasciandomi trasportare da una isterica risata a crepapelle.

Di Zia Clelia e delle sue storie, col passare del tempo, non mi fidavo più. Io crescevo e cominciavo a pensare che fosse semplicemente una bugiarda incallita. Che lei, come tanti altri ad Aversa, avesse una vivida immaginazione e mischiasse e arricchisse cose *per sentito dire*. Questioni che forse passavano di bocca in bocca da secoli, alle quali ognuno aggiungeva del suo. In realtà certe storie smisero di farmi impressione o semplicemente non mi interessavano più e la questione della carrozza, a pensarci, era semplicemente ridicola. Per di più, adolescenza e tempeste ormonali deviarono i miei interessi su fatti più concreti. Continuavo ad essere un cagasotto, ma adesso andavo solo dietro alle ragazze e non più a fantasmi di regine, tantomeno pazze. Eppure, ogni volta che mi toccava di parlare dei segreti di San Biagio coi miei parenti, questa storia tornava a galla.

Zia Clelia insisteva a dire che la vettura c'era e che era stata completamente spogliata di qualsiasi decorazione dai vandali che di volta in volta la raggiungevano di nascosto, ma non ha mai chiarito dove fosse depositata.

Avvenne così che, un giorno, in uno dei miei saltuari ritorni, venni a sapere che nel castello aragonese di Aversa era stata posta, dopo essere stata ristrutturata, un'antica carrozza, una berlina di Gala settecentesca e che la stessa era stata parcheggiata per molti anni nei depositi del convento di San Biagio. Un tempo era decorata *con gustose scene agresti e civettuole figure nei pannelli perimetrali;* così raccontano le cronache dell'epoca. Fu restaurata, ma ora era priva dei pannelli decorativi originari e si trovava nei locali della nuova scuola di Polizia Penitenziaria, successivamente trasformata in tribunale.

Vuoi vedere che alla fine zia Clelia non diceva fesserie?

Non ne diceva, in fondo. Non del tutto. Ovviamente però, visto che si trattava di una vettura settecentesca, non poteva essere quella di Giovanna la pazza che morì nel 1435. Si direbbe che le date e i fatti non stiano assieme, ma in realtà a modo loro i conti tornano. La fantasia della zia Clelia, come quella di molti aversani, aveva effettivamente messo assieme questioni tra loro lontane. La carrozza c'era, anzi ogni tanto ne salta fuori il ricordo e guarda caso, ogni volta, si torna a parlare di Giovanna. Il suo fantasma poi, se è vero che girava e gira ancora per le stanze di San Biagio, avrà modo di maledire per l'eternità l'uomo moderno per lo stato di abbandono in cui versa il ramo del vecchio convento che fu anche scuola e casa di quella donna di carattere, autoritaria e forte che è e sarà ancora per molto mia zia Clelia.

OMEGNA

"*Ma come sarebbe a dire che quest'anno non ci andiamo al mare? Dove dobbiamo andare?*"

Quel maledetto terremoto. Aveva cominciato a fare danni a novembre e ad agosto dell'anno successivo ancora non aveva smesso.

Così, andò a finire che quella fu l'estate che andammo a trovare *alla zia Carmela* e non c'era il mare, dove abitava la zia Carmela. C'era il lago, ma un lago piccolo, niente di che, ed era pure al nord, molto lontano da casa mia.

"Quello il nord è bello e funziona tutto", mi dicevano i miei genitori per convincermi, *"mica come da noi. E poi tengono il lavoro e pure i soldi."*

Certo. Fu proprio quello il motivo per cui la sorella di mia nonna se ne andò, se ne dovette andare a vivere lì, tra le montagne, i fiumi e i laghi.

I parenti emigrati erano sempre stati un mistero per me. Capitava di vederli di tanto in tanto, ma più che altro se ne parlava nelle grandi tavolate della famiglia riunita oppure si commentavano le loro scarne e zoppe parole, che ci arrivavano a mezzo posta. Trovavo le cartoline decisamente più interessanti delle lettere, perché c'erano le fotografie dei posti dove vivevano. Nel caso della Zia Carmela, le immagini raccontavano che dove stava lei di montagne ce n'erano parecchie, come pure di laghi e fiumi. Avanti, dietro, di lato, tutto intorno ci sono il lago d'Orta, il Maggiore, il torrente Strona, i fiumi Toce e Ticino, le Alpi alle spalle e un'altra montagna che si chiama Mottarone che invece te lo ritrovi di fronte se ti affacci al balcone della sua casa.

"Ma chi è sta' zi' Carmela: Heidi? E poi, come cavolo ci è arrivata a Omegna che è così lontana? Non poteva emigrare a Mondragone? Sempre nord è, ma è più vicino!"

Di sicuro non era emigrata da sola, figurarsi. Prima partì il marito, cioè quello che poi sarebbe diventato suo marito, che era un signore di un paese vicino a Napoli. Il meccanismo, o, come dire, una delle modalità di espianto dal luogo natio, prevedeva che gli uomini dovevano andare dove c'era il lavoro perché lui, il lavoro, era troppo impegnato per venire giù da noi. Succedeva poi che questi uomini si sentivano soli e che volevano mettere su famiglia e allora chiedevano ad amici e parenti rimasti in patria, che gli facessero conoscere, per posta, una ragazza con cui potersi fidanzare. Al massimo era consentito scambiarsi qualche fotografia.

La mia nonna pianse tanto, quando la zia Carmela, che era la sua sorella più piccola, se ne andò a vivere in quel paese *furastiero* al nord. Avevano passato un'infanzia piena di sacrifici e avvenimenti tragici assieme, insieme si erano salvate dai bombardamenti, dai tedeschi e da altre disavventure.

"Ch'ella sora d' 'a mia che sta tutta sola accussì luntano" diceva, ma Carmela sola ci rimase veramente poco perché nel giro di qualche anno la sua casa si riempì dei suoi figli *sfornati* a ripetizione.

Omegna, a parte il nome che io associavo, vai a sapere perché, a cose schifose da mangiare, tutto sommato era un bella cittadina. Il centro, per come me lo ricordo io, era una specie di freccia allungata, non proprio regolare, con la parte bassa che si appoggia sul lungolago, mentre la punta si allunga e si restringe proseguendo verso le montagne, formando il vertice nel punto in cui si deve attraversare un torrente, che si chiama Strona. Adesso, ovviamente, la città si è allargata e allungata in varie direzioni, ma le case più antiche, come mi accade spesso di pensare per le città con queste caratteristiche geografiche, sembrano rotolate giù dai declivi per andarsi a depositare a ridosso della riva del lago.

Quando mi presentarono alla parentela nordica avevo stampata in faccia un evidente espressione da funerale. I miei genitori furono costretti a vuotare il sacco e ad ammettere le loro colpe. Ero stato defraudato, mi avevano rovinato le vacanze estive che aspettavo con ansia, soprattutto dopo quell'infausto inverno pieno di guai, di terra che continuava a tremare, morti e case pericolanti. I parenti però cercarono subito di rincuorarmi e affermarono che al lago ci si poteva fare anche il bagno, non proprio come al mare, ma c'erano delle piccole spiagge e questa cosa cambiò, temporaneamente, la mia predisposizione. Anzi, a dire il vero, mi avevano detto che qualcuno si tuffava anche nel torrente da un ponte, o dalle rocce. Cominciavano a ridermi gli occhi. Quando finalmente mi fecero fare il bagno, mi accorsi che l'acqua del lago era diversa da quella del mare. Non solo non era salata, ma lasciava in bocca uno strano sapore di broccoli o di brodo vegetale. Insomma, a me mi faceva un poco schifo, però tanta era la voglia di tuffarmi che meglio quello che niente. Questo però avvenne molto dopo, perché mia madre si oppose fermamente all'idea di poter fare il bagno al lago e non fu per niente facile convincerla che non era pericoloso.

Lei non ha mai imparato veramente a nuotare e sarebbe capace di annegare in una bacinella, per cui ha paura di tutto. Riusciva ad immaginare pericoli di ogni tipo tanto da rendere le visite al mare un'esperienza estenuante. Mulinelli, corrente, acque troppo profonde, mare troppo agitato, troppi cavalloni, meduse, mi meraviglio che non abbia mai trovato il modo di piazzare nei suoi deliri acqua-fobici anche gli squali o i piranha. Insomma, fosse stato per lei l'acqua l'avrei dovuta usare solo per bere. Io però ero bravo a nuotare e mi piaceva fare i tuffi dagli scogli, ma lo dovevo fare sempre di nascosto.

La panchina dove mio padre mi lasciò, giusto il tempo di andare a prendere il gelato consolatorio che avrebbe dovuto riconciliare, si trovava nei giardini pubblici, circondata dal verde, sul lungolago Buozzi.

Il gelataio era a pochi metri di distanza e restammo sempre in contatto visivo.

Fu in quel breve lasso di tempo che ebbi la possibilità di incontrare e fare amicizia con il signor Gianni. Apparve improvvisamente alle mie spalle. Era un uomo di mezza età, ben vestito e molto simpatico. Si piazzò al mio fianco e, vedendomi così accigliato, mi chiese cosa fosse successo di così grave da farmi andare in giro con quel gran muso. Disse pure che a Omegna, la sua città, i bambini non possono e non devono più essere tristi per legge.

"E vabbè allora andateci voi a parlare con mammà. Quella non capisce niente. E poi quale legge?"

Il signor Gianni, disse che la legge l'aveva decisa lui e, sentito il mio accento, mi chiese da dove venivo. Io, che di solito ero molto timido con gli sconosciuti, subito gli spiegai tutto perché mi ispirava fiducia. Quindi gli dissi, tutto d'un fiato, che ero di un posto vicino a Napoli che si chiama Aversa, ma che però non ero un emigrato. Che il mio papà per fortuna un lavoro ce l'aveva e che ero solo venuto a trovare *alla zia Carmela*, ma che prima ce ne fossimo andati meglio sarebbe stato. Che la Zia Carmela, invece, era quella che era emigrata, tanto tempo prima, dopo la guerra. Che la mia nonna era triste che la sorella se ne era andata così lontana. Loro due erano state insieme *sotto alle bombe*, perché giù da noi c'era stata, tempo addietro, questa guerra con i tedeschi insieme ai fascisti, e quelli erano tutti *scurnacchiate e fetiente* perché così li chiamava mia nonna e io a mia nonna ci credevo, e che insomma loro, le due sorelle, erano vive per miracolo. Poi, come se non bastasse, siccome non ci facciamo mancare mai niente, era venuto il terremoto e che quell'estate non si poteva andare neanche al mare e allora eravamo dovuti venire al nord. Per finire, avevo scoperto che nel lago, volendo, si poteva fare il bagno, ma che io non lo potevo fare il bagno perché, purtroppo, prima, bisognava convincere *a mammà* che non era pericoloso.

"Ma voi che ne potete sapere. Voi che siete di questo posto nordico. Qua c'avete tutto, i soldi e pure il lavoro. Qua la guerra e il terremoto non ci vengono e di sicuro le mamme non hanno paura di mandare i figli a fare i tuffi nel lago."

Il signor Gianni scoppiò a ridere, ma poi, temendo di offendermi, smise subito. Mi accarezzò e si sedette al mio fianco. Dopodiché mi spiegò che, in realtà, la guerra di cui mia nonna e la zia Carmela parlavano sempre, era passata pure da lì. Anzi, pare che sulle montagne c'erano stati questi partigiani che facevano la Resistenza e che, al contrario di quello che immaginavo io, le cose andarono ancora più per le lunghe da quelle parti. Insomma, mentre da noi, al sud, dopo i bombardamenti poi gli americani vennero subito a farsi perdonare, in Piemonte, e in tutto il nord la guerra fu, per certi versi più dura perché i tedeschi non ne volevano sapere di andarsene, gli americani e gli alleati portavano ritardo e toccò ai partigiani con le loro gesta eroiche mandarli via. Queste cose le sapeva, perché era stato partigiano pure lui. Infatti, mi raccontò anche che a Omegna, un giorno, una delle brigate scese dalle montagne per compiere un'azione in città, ma che le milizie tedesche, insieme ai fascisti tornarono sparando a casaccio e uccisero un bambino. Fu così che la maggior parte della gente di Omegna passò dalla parte di *"quelli della montagna"*.

"Lo vedi che mia nonna ha ragione a dire che sono tutti scurnacchiate e fetienti?"

Il signor Gianni ci sapeva proprio fare con i bambini. Mi raccontò che era a Omegna di passaggio, che non ci viveva più da tempo, ma era ancora la sua città. Dopodiché mi chiese se mi piacevano le filastrocche. Io annuii e lui me ne raccontò una molto carina che mi fece cambiare umore. Infine, dalle sue mani apparve, come dal nulla, un libro di fiabe che mi regalò, raccomandandomi di leggerlo, almeno fintanto che la mia mamma non si fosse convinta a farmi fare il bagno nel lago. Mi avrebbe aiutato a sentirmi meno triste. *"E ricorda, il verbo leggere non sopporta l'imperativo"*.

Mio padre, intanto, mi guardava da lontano, sorrideva e osservava la scena. Ormai i nostri gelati erano quasi pronti, si accingeva a tornare. Pensai che lui e il signor Gianni si conoscessero, perché altrimenti si sarebbe preoccupato vedendomi parlare con uno sconosciuto.

Abbassai gli occhi per guardare il libro, ringraziai senza guardare, poi, pensando che non fosse giusto accettare quel regalo decisi di declinare l'offerta con la scusa che a me piacevano di più i fumetti che non le fiabe. Il signor Gianni però non c'era più. Un attimo prima era seduto al mio fianco e ora, senza che me ne accorgessi, si era dileguato.

"Fiabe al telefono". Disse mio padre leggendo il titolo del libro. *"Dove lo hai preso?"*

Gli risposi che me lo aveva dato il signor Gianni, il tizio che poco prima era seduto vicino a me, ma lui disse di non aver visto nessuno.

Trovai la cosa singolare e gli consigliai di cambiare occhiali, perché io ero sicuro che lui mi avesse guardato e che avesse sorriso al signor Gianni, tant'è che pensavo fosse un suo amico dato che io, per sua norma e regola, non accetto regali dagli sconosciuti. E comunque il signor Gianni non era uno sconosciuto perché si era presentato, era simpatico e mi aveva regalato il libro perché neanche a lui sembrava giusto che io non potevo fare il bagno al lago.

Non so di preciso che pensieri elaborò il mio genitore maschio in quel frangente, ma ricordo che, finito il gelato, tornammo subito a casa dalla zia Carmela. Sì chiuse in una stanza a parlare con mia madre e il giorno dopo, mi portarono, con mia assoluta sorpresa, su una spiaggetta sul lago vicino a Omegna. Venne fuori che adesso potevo fare il bagno, ma a una condizione: da quel momento in poi avrei dovuto sempre avvisare uno dei miei genitori ogni volta che il signor Gianni o qualunque altro mio amico immaginario mi avesse fatto visita. Non capii esattamente il senso di quelle parole, ma, vista la situazione, non mi parve il caso di stare a sottilizzare.

Accettai di buon grado l'accordo e mi affrettai a tuffarmi per la prima volta nelle acque brodose del lago d'Orta. L'estate era finalmente cominciata, anche in quell'anno in cui era andato tutto storto.

"Ovunque tu sia, grazie infinite, Signor Gianni."

http://www.isrn.it/materiale/dvd_chiovini/sentiero_beltrami/3_1.html

MANNARÒ

Di motivi per restare fuori casa quasi tutto il giorno ce ne stavano tanti e uno di questi era la fame.

Non c'era mai abbastanza da mangiare. Troppi fratelli, zii, parenti, troppe bocche e troppi pochi soldi. San Biagio, dal canto suo, era immenso e ci conteneva tutti, ma non era assolutamente in grado di sfamarci. Le suore del monastero a fianco, quelle magari ogni tanto qualcosa mollavano, dal loro giardino: frutta, verdura, uova. Mai una gallina o un coniglio, mai. Venne in mente al più piccolo dei miei fratelli, di provare a mettere fine a quel torto intrufolandosi di nascosto nel loro giardino. Si calò da un balcone del primo piano col rischio di rompersi l'osso del collo per rubare qualche animale.

Fu un disastro, riuscì solo a mettere su un inutile scandalo e a creare un incidente diplomatico, ma da quel giorno, pur di evitare contatti con noi comuni mortali infrangendo la clausura, ogni tanto sulle nostre tavole ci finiva, qualche piccola bestia donata dalle monache benedettine. Quando capitava era un terno al lotto. Erano invece molte di più le volte che in tavola non ci finiva proprio niente e ogni scusa era buona per dirci che quel giorno, per punizione, avremmo saltato il pasto. Io sono nato che la guerra era appena finita, non come i miei fratelli più grandi che sono venuti fuori col frastuono delle bombe. Insomma, non l'ho conosciuta di persona eppure quella guerra sembrava non finisse mai. Mai. Neanche l'orrore e i danni che si era portati dietro. Infatti, dopo qualche anno rimasi pure orfano. Papà e mammà se ne andarono uno dietro all'altro per colpa della stessa malattia. Quando qualcuno sopravvive ai bombardamenti e a tutte quelle disgrazie, pensi che non lo può uccidere più niente e nessuno. Invece. Invece, rimasi solo con i miei fratelli. Libero di andarmene in giro per il borgo e il centro a inventarmi qualcosa per sbarcare il lunario o semplicemente a girovagare per ammazzare il tempo e ingannare la fame. Senza controllo e senza freni, sono cresciuto per strada tra la polvere di San Biagio e il tufo delle vecchie costruzioni, calpestando la pietra lavica delle vie cittadine.

I vecchi muri del cortile, ricoperti di calce e malta, avevano accumulato la puzza di polveri secolari. Si avvertiva distintamente, fino all'angolo di uscita da quel quadrato antico e sfregiato. L' altro cortile, anche lui quadrato, veniva dopo una fila di archi orfani e sovrapposti rimasti in piedi dai bombardamenti. Di lato giace ancora parte delle macerie di quel ramo del monastero e della torre campanaria, che andarono persi nel '43. In fondo invece, c'è il cancello di uscita da San Biagio, che è incastrato in un imponente muro di tufo spoglio, con ciuffi di parietaria che affiorano in diversi punti. L' aria e gli odori cambiavano repentinamente, man mano che mi avvicinavo a quell'enorme pezzo di ferro mezzo arrugginito. Oltre quel confine c'è il percorso di basolato di pietra lavica che conduce al borgo o verso i quartieri più antichi e popolosi della città.

Di fianco alla chiesa di San Biagio, poco più avanti, c'era una fontanella con acqua freschissima dove per secoli si sono dissetate una infinità di bestie e di persone. Di notte la strada che da San Biagio porta nel cuore antico, circolare e labirintico della prima città normanna d'Italia era completamente buia e desolata, ma la fontanella era sempre illuminata da una luce fioca e tenace. Il fatto è che lì c'era a quei tempi anche una piccola edicola votiva con una madonna, non so quale, forse quella di Casaluce. Quella lucina e la sua Madonna non parevano perdere mai la speranza. La madonna sfiduciata alla fine è sparita, ma la fontana sta ancora lì e sfida il tempo e la storia, impassibile a pochi metri dai gradoni e dal sagrato di quell' imponente complesso barocco in decadenza. Decadenza. Da queste parti sembra che uomini e edifici condividano la stessa sorte, ma c'è una differenza, secondo me: gli edifici si scrostano da fuori mentre gli uomini marciscono prima da dentro.

A Mario, l'amico mio, che era un poco più grande di me, lo incontravo sempre vicino alla fontana. Sbucava all'improvviso dal vicolo di fronte, come fosse uscito direttamente da dentro al muro. Come fosse fatto della stessa materia delle pietre del borgo. Pietre che partoriscono figli come la malerba, ma ne fanno sparire altrettanti nel nulla, come buchi neri nello spazio. Questo raccontava la gente. Forse per spaventarci o perché ci credevano veramente. Raccontavano che le persone sparivano nel nulla, in quel borgo. Oppure raccontavano che ci *accomparivano munacielli, janare*, regine pazze, anime in pena di morti uccisi o lupi mannari.

A sentire quelle storie, ci voleva un certo coraggio per andarsene per i vicoli stretti e bui, ma sulla paura teneva sempre più ragione la fame.

Mario era un *guaglione* più o meno come me, con gli stessi problemi e indossava pure lui sempre gli stessi vestiti e le stesse scarpe. Le sue erano pure peggio delle mie, perché erano sempre bucate sotto.

"Vieni dentro San Biagio che ci sta 'o scarparo che te le aggiusta. Ti rifà le suole."

Gli chiedevo ogni tanto, ma lui non mi rispondeva e io non insistevo, perché, ovvio, anche lo scarparo voleva essere pagato.

Dopo esserci dissetati alla nostra fontanella, ci guardavamo intorno e decidevamo il da farsi.

- *Addo' jamme* né?

- *Boh, cominciamo a camminare e poi vediamo. Capace che troviamo 'o fruttivendolo e ci pigliamme nu poco 'e frutta.*

Sbarcare il lunario poteva voler dire anche rubare se necessario, ma poca roba. Qualche mela *pe ce luva' 'o sfizio* e un poco di fame. I fruttivendoli tenevano sempre in conto una piccola percentuale di prodotto che andava perso. Dipendeva pure da quanti scugnizzi come noi si aggiravano in zona, se no ci andavano a perdere. Se si trattava solo di noi due, lui non andava più pezzente di quello che non era già e noi sopravvivevamo un'altra mezza giornata. Certo che pure per arrampicarsi, sgattaiolare, scappare ci vuole tanto carburante. Come facessimo ad averne così tanta, di energia, con quello che mangiavamo, non si capisce. E meno male, se no oggi non sarei qui a raccontare queste cose. Perché, l'ho detto, la gente spariva e forse, in mezzo a tutte quelle fesserie dettate dalla superstizione, qualcosa di vero c'era e io e Mario ne sappiamo qualcosa.

Una sera d'estate a forza di girare eravamo arrivati fino all'altra parte della città, sotto l'arco della Nunziata, attraversando i quartieri più antichi. Voglia di ritirarci a casa non ce ne avevamo proprio, ma visto che il sole cominciava a tramontare decidemmo di prendere la diagonale del Lemitone che porta fino a fuori Sant'Anna: da lì, la strada per tornare al borgo è più corta, prendendo per i vicoli.

Era stata una giornata fruttuosa e divertente e avanzammo lentamente, lambendo i muri polverosi del centro, fino a sbucare proprio dietro la più antica chiesa della città. Ormai era già buio, ma decidemmo di fermarci per riposare un poco e ci sedemmo su un marciapiedi in *miezzo 'o quartiere*, proprio sotto al castello aragonese. Manco a farlo apposta, si avvicinò *Peppino 'a scigna* che quella sera era in vena e si mise a raccontare un sacco di *fattarielli* divertenti. Che lavoro facesse non me lo ricordo, ma so che lo chiamavano così, la scimmia, perché era abbastanza alto, grosso e muscoloso, ma soprattutto perché teneva talmente tanti peli che gli uscivano dal petto e dalle braccia, che pareva il vello di una bestia. Il naso e il mento, un po' rientrati rispetto alla fronte, facevano pensare che avesse preso un tram in faccia. Nel complesso, un aspetto poco rassicurante e come se non bastasse, siccome faceva tanto caldo, l'enorme Peppino se ne andava in giro con una canottiera bianca tutta lisa e dei vecchi pantaloni rattoppati e faceva proprio una certa impressione a vederlo, soprattutto di sera. Pareva veramente un animale e la gente lo prendeva sempre in giro, ma quello era *nu' buono cristiano* e noi lo conoscevamo bene. Ci fidavamo di lui. Questo faceva sì che, pur essendo adulto, Peppino preferisse passare il tempo con noi ragazzi che con i grandi. Noi non ci prendevamo troppa confidenza con lui, lo trattavamo bene, anche perché ci metteva un po' in soggezione. Parla e racconta, racconta e parla, tra una risata e l'altra, si fece quasi mezzanotte e nel cielo limpido e pieno di stelle spuntò sulle nostre teste una luna piena talmente grande che illuminava le facciate e i contorni dei palazzi, ma incrementava l'oscurità degli angoli più nascosti. D'improvviso Peppino rivolse lo sguardo verso uno di quegli angoli bui della piazza e immediatamente smise di ridere.

Guagliu' s'é fatto tardi è meglio se vi arritirate a casa vostra.

Noi però ci stavamo divertendo fino a poco prima e non capimmo questo repentino cambiamento.

Peppino cominciò a guardarsi intorno preoccupato, come se stesse cercando qualcosa nella penombra.

Guagliu', sentite a me, tornateve a casa a vostra qua si sta facendo veramente tardi.

Ci rendemmo conto che qualcosa non quadrava; Peppino guardava prima in basso verso gli angoli bui e poi in alto verso la luna piena. I *pecuni* ci fece venire, la pelle d'oca.

Guagliu' Ve ne dovete andare alle case vostre. Mò mò.

L'atmosfera s'era fatta decisamente pesante e tesa. Peppino aveva cambiato completamente espressione e ora faceva veramente paura a vederlo. La luna, alta, immobile e bianca, illuminava pure le nostre facce, ma l'imboccatura del vicolo che ci doveva riportare verso San Biagio a stento si notava, da quella parte della piazza. Il respiro si fermò, anzi, si fermarono tutte le funzioni vitali, sia a me che a Mario. Una questione di poche frazioni di secondo; poi, non appena tornammo a vivere, ci guardammo in faccia e in sincronia perfetta volgemmo lo sguardo nella direzione della fuga e subito cominciammo a correre. In un attimo ci ritrovammo nel buio totale del vicolo, senza riuscire a distinguere quello che avevamo intorno. Ci fermammo quel tanto che basta per capire la direzione da seguire e sentimmo in lontananza un ululato terrificante e subito dopo, distintamente, il rantolo di una bestia che si avvicinava. Non c'era più tempo da perdere. Bisognava correre e quando la paura prende il sopravvento sul tuo corpo i muscoli agiscono come fossero autonomi e se ne fottono di quello che dice il cervello. Quello vorrebbe razionalizzare, elaborare, provare a spiegare, ma per fortuna abbiamo conservato dal nostro passato di animali da selva, l'istinto primordiale di sopravvivenza.

Le gambe si muovevano velocemente, anche se gli occhi ancora non distinguevano niente. Le orecchie invece sentivano l'ansimare di una grossa bestia che ci seguiva. Era distante, eppure sembrava ci dovesse raggiungere da un momento all'altro. Proseguimmo nel buio pesto, imboccammo il vicolo giusto per puro istinto e finalmente riuscii a vedere la luce fioca della fontanella della chiesa di San Biagio. C'eravamo quasi. Ancora uno sforzo e saremmo stati al sicuro.

"Manna.....rò" Urlò il mio amico Mario. O, almeno, così mi pare. Non riuscii a capire cosa stesse dicendo. Ero troppo impegnato a scappare. Era un qualcosa che stava a metà strada tra una imprecazione e una affermazione. Fatto sta che, appena arrivati alla fontana, intravista l'immagine appena illuminata della Madonna prese la strada da dove era abituato ad apparire e svanì nel nulla. Ecco, magari aveva detto solo *'U maro'* e il resto fu solo colpa della paura. Boh. In quel frangente non avevo tempo per ragionarci su. Sentivo la bestia avvicinarsi e accelerai. Il cancello di San Biagio era chiuso, ma per fortuna non era stato bloccato col chiavistello da dentro, quindi in pochi secondi entrai e lo richiusi. Ero in salvo. San Biagio era una fortezza inespugnabile, così mi fermai a pochi metri dal cancello a riprendere fiato e ragionare un poco sul da farsi. Qualunque cosa fosse quella cosa che mi stava seguendo ora graffiava le ante di ferro arrugginito cercando di entrare e provocando un rumore agghiacciante. Decisi che non era il caso di restare ancora lì, anche se solo un carro armato avrebbe potuto buttare giù il cancello. Non si sa mai. Ritrovai tutte le mie forze e

ripresi a correre attraversando il primo cortile, poi il secondo, presi le scale, facendo i gradini due alla volta fino al secondo piano. Imboccai il lungo corridoio con gli archi e la volta a botte fino alla porta di casa senza guardare, senza mai fermarmi, senza neanche respirare. Chiusi a chiave anche l'ultima possibile barriera fra me e quell'orribile esperienza e me ne andai nella stanza dove dormivo insieme ai miei fratelli. Trovai nel buio il mio letto e mi ci infilai dentro senza neanche cambiarmi. Nessuno mi chiese nulla. Nessuno sapeva nulla. Nessun seppe mai nulla e non ho mai più visto il mio amico Mario. Sparito nel nulla, come dicevano i racconti della gente del borgo, o morto semplicemente di paura? Io però dubitavo di me stesso e ancora oggi non so cosa sia successo per davvero, ma so per certo che, da quella notte in poi, di motivi per restare fuori casa tutto il giorno ce n'era qualcuno in meno e manco la fame teneva più ragione della paura.

LO SCUDIERO DI RAINULFO

Mannaggia. Doveva essere solo un banale scherzo. Lo avevo visto fare a un mio professore in gita scolastica ed era stato divertente. Simulare una seduta spiritica per prendersi gioco dei nostri compagni facilmente suggestionabili. Ci provai a casa del mio amico Renato Incertopadre, che a quella gita non era venuto. Volevo solo spaventarlo, ma le cose andarono inaspettatamente in maniera completamente diversa. Il mio compagno di classe delle superiori, si portava addosso quel cognome come una sentenza, infatti la madre era rimasta incinta da giovane. Sedotta e poi abbandonata non si era mai più sposata.

Uno di quei fatti, di quelle vicende scabrose che vengono raccontate a mezza voce, così si usava fare dalle mie parti, tra sorrisini, meschinità, giudizi bigotti o peggio offese in piena regola.

La ragazza madre viveva col figlio nel loro appartamento in un antico palazzo di Aversa, ma doveva lavorare molto per permettersi l'affitto e quel giorno, come accadeva spesso, non era in casa. Avrei fatto compagnia a Renato per buona parte del pomeriggio e poi lo avrei lasciato solo ad aspettare la madre fino all'orario di cena. La fine dell'anno scolastico era vicina e l'idea era soprattutto quella di studiare insieme, poi magari giocare e ascoltare musica, ma in breve tempo mettemmo da parte tutto il resto e, senza averlo preventivato, iniziammo a raccontarci le storie di paura ascoltate dagli anziani. Non l'avessimo mai fatto.

Soli in quella casa dai soffitti altissimi e le pareti enormi, sopraffatti da un misto di eccitazione e di paura, ci facemmo trasportare dal fascino subdolo del brivido e da quella stupida gara a chi aveva più coraggioso. Quando mi venne in mente quell' idea balorda, non ci fu modo di tenermi a bada e Renato non osò opporsi per non fare la figura da pauroso.

Preparai tutto nel dovuto modo, il buio, la luce delle candele e dissi pure a Renato che avremmo dovuto coprire lo specchio spiegandogli che era pericoloso guardarci dentro durante una seduta. Poi ci mettemmo intorno ad un piccolo tavolino, ci prendemmo per mano e iniziai a recitare quella frase senza senso che avevo appreso qualche tempo prima.

"Se c'è un'entità in questa stanza, si faccia avanti", intanto dovevo trattenere le risate. Renato, non era più tanto convinto di continuare quel gioco e iniziò a lamentarsi.

"Se c'è un'entità in questa stanza, si faccia avanti". Renato, sembrava agitato, qualcosa lo stava decisamente allarmando, frignava e voleva che smettessi. Io non riuscivo a fermarmi.

"Se c'è un'entità in questa stanza, si faccia avanti". Il tavolino si mosse e poi si sollevò.

Pensai che Renato si stesse vendicando di me e non lo presi sul serio. Proseguii.

"Se c'è un'entità in questa stanza, si faccia avanti". Uno spostamento d'aria improvviso mi fece correre un brivido sulla schiena ed ebbi un sussulto. Contemporaneamente, Renato iniziò a parlare con un'altra voce e in un modo piuttosto insolito.

In quale direzione debba viaggiare un cavaliere di ventura lo decide spesso la lama della sua spada e la spada di un normanno riesce sempre a stare nella direzione che porta al guadagno. Io, invece, non avevo nessun titolo per decidere granché, all'inizio, perché ero solo uno scudiero.

"Rena' che cazzo dici? Come parli?" Ora, con la testa rivolta indietro, guardava in alto, fissando un punto sul soffitto.

Mi chiamo Ataulfo Arthur figlio di Lúc e sono stato al servizio di Rainulfo Drengot per circa quarant'anni.

Ero parte di un manipolo di pellegrini partiti da molto lontano e diretto verso la Terra Santa. Eravamo soldati, nomadi, mercenari. I nostri antenati, antiche tribù vichinghe della Scandinavia, adoravano Thor e Odino, ma noi eravamo ferventi cattolici, e ci attenevamo alle prescrizioni della chiesa. Messa, digiuno, penitenza e qualche pellegrinaggio per salvarci dal fuoco dell'inferno e dalle scomuniche dei papi. Allo stesso tempo, come bandiere che sventolano sempre dove tira il vento, quando si presentava l'occasione propizia, vendevamo le nostre lame al miglior offerente.

"Rena' ma fai sul serio? Mi stai pigliando per il culo?" Quello seriamente spaventato adesso ero io.

Approdammo nel meridione d'Italia nell' anno 1016 di nostro signore dopo aver percorso un lunghissimo tragitto, prevalentemente via terra, dal nord della Francia fino a Gerusalemme e da Bisanzio alle porte di Napoli, aprendo di fatto, una di quelle vie che in seguito furono battute da tanti altri cavalieri per andare a combattere la prima crociata.

Posso affermare, senza pericolo di essere smentito, che capitammo in quelle terre, nel momento giusto e con la situazione più adatta a gente come noi.

*"Ma gente come voi in che senso? Dove l'hai tirata fuori 'sta strunzata?" R*enato abbassò la testa e mi guardò dritto negli occhi: aveva le pupille dilatate che riflettevano la poca luce delle candele e risplendevano al buio. Alla vista di quei cerchi infuocati nelle cavità oculari di Renato Incertopadre, mi fu chiaro che a parlare non era più lui. Mi feci coraggio e ripresi a conversare con l'entità come se niente fosse.

"Così che voi eravate un normanno, cioè quelli che hanno fondato questa città, ma non era meglio se ve ne stavate a Gerusalem-

me. Chi ve lo ha fatto fare?" Piuttosto insicuro sui corretti argomenti da trattare in una situazione come quella, tirai fuori la prima cosa che mi venne in mente.

In Terra Santa non eravamo a nostro agio e io non vedevo l'ora di andarmene.

Non sono mai stato un uomo di mare, ma fui felice di attraversare il Mediterraneo, piuttosto che dover sopportare ancora il deserto e il caldo asfissiante di Gerusalemme.

I cavalieri non lo avrebbero mai ammesso, ma quella città che racchiude tanti luoghi di grande significato religioso, posta là, sull'altopiano della Giudea, con il suo clima arido e le brezze secche e calde dal deserto arabo che rendono il clima ancora più rovente d'estate, aveva fiaccato l'animo pure a loro.

"La verità è che pure qua quando fa caldo non scherza. Per fortuna non c'è il deserto." Tra sconosciuti si parla spesso di questioni climatiche, riflettei. *Quanno uno nun sape che ddicere!*

Non di rado il cielo e la terra si univano trasformandosi in una specie di tendaggio di colore rossiccio che cancellava l'orizzonte. L'aria si faceva rarefatta e la sabbia si infiltrava ovunque, anche nei polmoni e negli occhi. Piangere non era d' aiuto, perché le lacrime non bastavano a dare sollievo agli occhi. Con le tempeste di sabbia bisognava rinchiudersi al sicuro in un luogo coperto e le tende dei nostri accampamenti non ci riparavano affatto.

Quella finta forma di devota sopportazione durò finché Rainulfo, un giorno, visibilmente spazientito dal caldo eccessivo e dalla fastidiosa eccessiva presenza di sabbia per l'ennesima tempesta, si voltò verso di me fissandomi. Cercava un appiglio per farsi coraggio. Lo fissai a mia volta e tenni lo sguardo. Intuii che non avrebbe proferito parola. Bastò un mio semplice cenno di approvazione con la testa. Mi resi conto così, di avere un certo ascendente sul mio signore.

Poco dopo, si alzò e si diresse nella tenda di Gilberto Drengot, il nostro condottiero. "

Ormai ero incuriosito dal racconto e volevo andare a fondo cercando di fare delle domande non troppo banali. Non si sa mai. *"E, scusate, ma quanto tempo sei, siete rimasti in pellegrinaggio?"* Meglio usare il maiestatis, *"s'avesse offendere"* pensai.

Terminata la tempesta i cavalieri, senza dare troppe spiegazioni, ordinarono di armare velocemente armi e bagagli e di partire per Bisanzio. Da lì ci saremmo imbarcati per fare rotta verso la penisola italiana. Giunti nel porto di Brindisi, nell'antica Apulia, in quell' epoca anch'essa terra bizantina, partimmo verso nord per raggiungere il Gargano dove avremmo visitato un altro importante luogo di pellegrinaggio: Il santuario di San Michele Arcangelo.

"Ma sì dai la Puglia è bella. Clima mite, c'è pure il mare e si mangia bene. Non so a quei tempi, magari un po' meno, ma..." Il cibo è sicuramente un argomento che aiuta le conversazioni, ma a più di mille anni di differenza può darsi di no. Certo, non risultò del tutto agevole sostenere il dialogo con quella entità.

Il promontorio del Gargano ci apparve come un elemento fuori luogo visto dalle estese pianure da cui eravamo giunti. Una irreale altura, che si impadronisce abusivamente del mare e ci costrinse ad una dura arrampicata. La dolcezza del territorio percorso fino ai suoi piedi, aveva reso il nostro cammino molto piacevole, ma quella salita fu una pena inaspettata.

Il santuario era in realtà una grande grotta e i suoi ambienti si estendevano dentro la montagna poiché erano stati scavati nella sua roccia scura. La penombra prevaleva al suo interno e la fioca luce delle candele o delle fiaccole bastava appena a illuminare il tortuoso percorso fino alla cappella del santo. I cavalieri pregavano in ginocchio, mentre io avevo il compito di guardare loro le spalle. Mi era stato ordinato di indagare sui pellegrini di rango, per scoprire tutto ciò che c'era da sapere sui loro nomi, possedimenti, provenienza e destinazione in cerca di occasioni propizie per trarne profitto.

"Ataulfo? Avete detto che vi chiamate così, giusto? Perché dovevate fare la spia se eravate solo uno scudiero? Non capisco..." Non che lui rispondesse proprio alle mie domande, anzi, inizialmente, sembrava più una specie di monologo il suo. Però, piano piano si lasciò andare e, comunque, le mie interruzioni mi aiutavano a tenere alta l'attenzione e a farmi coraggio.

In realtà c'era qualcuno che a sua volta ci controllava e ci seguiva sin dal nostro arrivo ed era impossibile non notarlo. Melo di Bari, cavaliere longobardo, di cultura greca ed esponente dei ceti ricchi della Bari bizantina, era vestito in modo troppo bizzarro per i miei gusti e attendeva ormai da ore di poter conferire con il capo dei Drengot. Quando Gilberto e i suoi fratelli decisero che la loro preghiera era durata abbastanza a lungo, concessero finalmente al longobardo di poter conferire con loro. Giberto sembrò affascinato da quello strano figuro effemminato e visibilmente interessato a quello che quel cavaliere gli stava raccontando. Io invece ne fui preoccupato, perché sapevo riconoscere a vista un mal partito e Melo mi parve subito uno di quegli arroganti e ambiziosi giovani nobili dell'età' media, inclini ad avventurarsi in imprese e cause perse in partenza.

In effetti si rivelò un cavallo perdente, esattamente come avevo detto a Rainulfo, e ci avrebbe messo nei guai, ma in realtà ci diede lo spunto per capire come sfruttare la aggrovigliata situazione politica del sud Italia a nostro favore.

"Non mi meraviglio, voi venivate del nord, vi capisco. Qua nel meridione è bello, ma è sempre stato un casino. Ma quanto aggrovigliata era questa situazione? Chi comandava il Regno? E poi che nome è Melo? Neanche io mi sarei fidato..." Mi resi conto

che stavo esagerando con tutte quelle domande sconclusionate e mi fermai giusto in tempo.

Non esisteva un unico regno a quei tempi. C'erano i possedimenti dell'impero bizantino come la Puglia e città indipendenti anch'esse alleate con Bisanzio, come Napoli e Salerno. I longobardi, invece, avevano Capua e si erano già insediati in altre zone del sud, cercando di approfittare della intricata situazione politica per espandersi. Erano cattolici e per questo ben visti dall'imperatore d'Occidente e dal Papa. Infine c'era la Sicilia che era caduta sotto il controllo degli arabi. Come se non bastasse, molte altre terre costiere, erano costantemente afflitte da incursioni predatorie ad opera di pirati saraceni. Melo chiese a Gilberto di unirsi a lui per fare scoppiare la rivolta in Puglia e farla passare sotto il dominio longobardo. Ovviamente noi Normanni saremmo stati adeguatamente compensati per i nostri servigi. Melo e i suoi luogotenenti, chiedevano solo gente coraggiosa e dal braccio forte senza preoccuparsi minimamente di richiedere nessun'altra qualità. Un anno dopo, ci fu un'ondata migratoria dal nord Europa di elementi irrequieti e senza scrupoli come non se ne vedevano dalle invasioni barbariche. Solo alcuni erano nobili cavalieri, pur senza patrimoni propri. La maggior parte invece era teppaglia senza né arte né parte dedita al saccheggio e assetata di sangue. In men che non si dica, longobardi e normanni partendo da Capua, attaccarono gli avamposti bizantini in Puglia cogliendo il nemico di sorpresa.

"Caspita, allora vi prendeste subito la Puglia."

Purtroppo no. Inizialmente avanzammo senza resistenza, ma poi incontrammo l'esercito del catapano Boioannes inviato dall'imperatore d'oriente e subimmo una cocente sconfitta. Il longobardo dovette fuggire e morì in esilio. Gilberto invece, il nostro capo, cadde sul campo. Rainulfo divenne il suo successore, io il suo consigliere e, sebbene avessimo combattuto valorosamente, ora l'unica cosa che contava era nascondersi e riorganizzarsi perché l'alto ufficiale Bizantino, una volta riacquistate le terre di Puglia, voleva sterminarci tutti.

Convinsi Rainulfo di tornare nei pressi di Capua, l'unica città che ci avrebbe garantito protezione e anche questa si rivelò una scelta azzeccata. Intanto continuavano ad arrivare altri uomini dalla Normandia e il nostro contingente andava ingrossando le sue file.

"Insomma, avevate fatto carriera. Da scudiero a consigliere. Vi eravate messo a posto. Un impiego tranquillo, posto fisso..." Ormai si chiacchierava amorevolmente del più e del meno.

Non esattamente. Pur non essendo un soldato, mi era capitato di fare, mio malgrado, un mestiere complicato e rischioso. Bisogna essere scaltri per salvare la pelle quando la situazione si mette male. Ce n'erano tanti di esagitati che non sapevano distinguere un soldato da uno scudiero o da un semplice consigliere. Bestie assetate di sangue che ignorano o, peggio, se ne infischiavano altamente delle regole della cavalleria. La guerra è guerra; è una parente stretta della morte. Che tu la faccia da soldato, da mercenario o da servitore, se ti trapassa una lancia, se ti trafigge un dardo o se ti pigli un colpo di mazza ferrata in faccia, è molto probabile che diventerai concime per i campi.

Ne ho fatta tanta di strada, in molti sensi, e sono finito molto lontano dal luogo che mi ha visto nascere, ma non ne faccio un dramma. Quel posto, che si trova da qualche parte nella Francia del nord, neanche mi ricordo come era fatto. L'ho detto, non eravamo francesi, ma discendenti dei vichinghi venuti dalla penisola scandinava, nessuno sa di preciso da dove, ma sta di fatto che normanno vuol dire proprio uomo del Nord. Quello che so è che la mia terra divenne la contea di Aversa che noi fondammo nell'anno 1029 di nostro signore.

"Pensate un po' che noi non ne sappiamo quasi nulla di queste cose. È un piacere stare ad ascoltarvi. Solo che, ad essere sinceri, di Rainulfo avevo sentito parlare, di voi no." Cercavo di essere cortese, ma stavo dicendo la verità. In ogni caso ci andavo cauto, perché non si sa mai come possono reagire queste entità.

"Quindi, voi affermate che le decisioni del condottiero Rainulfo spesso erano vostre idee. Insomma, così mi pare di capire."

Con Rainulfo bisognava stare attenti a parlare, anche se mi chiamava Ataulfo il saggio. Era superstizioso e mi teneva come consigliere solo perché le avevo indovinate tutte. Lui non dimenticava le mie umili origini, in fondo rimanevo sempre uno scudiero. Se avessi sbagliato anche solo una volta, non sarei arrivato dove sono arrivato. Non lo feci e poi sapevo come prenderlo. Bastava magnificarlo e mostrargli rispetto sempre, era un tipo basico. Più interessato alle donne e alla guerra che alla politica. Un voltagabbana per indole e non era certo una mente fine. Con un lento lavorio e con i miei inciuci riuscivo a condizionarlo al punto di fargli credere che le mie idee fossero in realtà frutto del suo ingegno.

"A me sto fatto che il fondatore di questa città fosse stato un voltagabbana, mi fa venire in mente quella cosa che si dice sugli aversani, cioè che abbiamo due facce come l'orologio della Nunziata. Ma voi probabilmente non lo conoscete perché non c'era ancora ai vostri tempi."

Mi morsicai la lingua subito dopo aver pronunciato quella frase. Mannaggia a me. Detta così poteva sembrare una frase molto impertinente. Una presa in giro. Per fortuna lui la pensava diversamente

Se non avessimo avuto due, dieci, cento, mille facce, non saremmo stati normanni e non avremmo mai avuto tanto successo.

La Contea di Aversa nacque sfruttando proprio queste qualità, per così dire, politiche. In quel periodo Capua era un potente avamposto longobardo guidato da Pandolfo, Il lupo degli Abruzzi, un uomo dagli atti malvagi e subdoli e che minacciava il piccolo ducato autonomo di Napoli, di fatto parte di una isolata provincia bizantina, debole e difficile da difendere.

Quando calammo dagli appennini, ci ritrovammo in quella vasta pianura della Campania Felix che dal Volturno arriva fino al mare e a sud è protetta dalle alture che nascondevano il ducato di Napoli. La forma conica della poderosa montagna di fuoco, il Vesuvio, dominava quella terra da lontano ed era in bella vista davanti ai nostri occhi anche perché tra noi ed essa non v'era altro rilievo ad opporsi al nostro sguardo.

Ci accampammo in un piccolo casale che la gente del luogo chiamava Sancti Pauli ad Averze perché lì era passato il Santo e si era fermato nel suo viaggio dalla terra Santa a Roma. La città non esisteva ancora e il territorio era popolato da piccoli raggruppamenti, casali e ville disposti lungo la traiettoria di un'antica via romana. Mi resi subito conto che quell'area, essendo compresa tra la via Consolare Campana e la via Atellana, era in una posizione di dominio delle principali vie di comunicazione tra il nord e il sud e tra i paesi interni e il mare. Non mi fu difficile convincere Rainulfo che quel posto era proprio adatto a noi anche se aveva poche difese naturali. Occupammo quel casale con il palazzo e la chiesa ad esso annesso e lo trasformammo in un castello fortezza in men che non si dica.

"Per non sapere leggere e scrivere diciamo noi. Mi pare giusto. Diciamo che Rainulfo era un tipo risoluto. Voi facevate bene a consigliargli queste cose, io lo dico sempre che Aversa è in una posizione molto comoda." Ormai ero diventato un tifoso accanito dei normanni e mi lasciai trasportare dall'entusiasmo.

"E poi a un certo punto uno si deve pure fermare da qualche parte. Finché sei giovane è normale che vuoi conoscere il mondo, ti metti uno zaino sulle spalle. Però mica si può stare sempre in viaggio."

Ho capito, ma adesso lasciami parlare. A meno che tu non voglia che ti trasformi in una entità.

"Scusate Ataulfo, non lo faccio più". Mamma mia. Che strana però questa reazione pensai, fino a quel momento era stato abbastanza tranquillo, ma in quella circostanza mi avevo spaventato con quella minaccia. Meglio parlare il meno possibile.

Poco tempo dopo il nostro arrivo, Pandolfo tentò di stringere d'assedio Napoli, ma noi che eravamo suoi alleati longobardi, prendemmo la difesa del ducato. In realtà egli aveva già spodestato Sergio IV di Napoli, il vassallo bizantino, ma noi lo facemmo reinsediare in cambio della terra dove ci eravamo stabiliti, che ci fu così concessa ufficialmente, proclamata contea e che divenne in poco tempo una piccola capitale, da dove partirono tutte le nostre conquiste nell'Italia meridionale.

Vista la situazione giocai d'astuzia per consolidare la nostra presenza e la nostra forza sul territorio consigliando a Rainulfo di prendere moglie, non una qualsiasi, ma proprio la sorella di Sergio il duca di Napoli. Così funziona la politica, così agivamo ora noi normanni. Non si trattava più solo di combattere per il migliore offerente. Capimmo che in quella situazione così confusa i protagonisti potevamo essere noi e seppur giocando a vendere le nostre armi al miglior offerente, da quel momento in poi avevamo una strategia tutta nostra: un piano di conquista che avrebbe aperto la strada alla gloria per i nostri futuri cavalieri, come Roberto d'Altavilla, detto Terror Mundi e il Guiscardo o come Guglielmo d'Altavilla, chiamato Guglielmo Braccio di Ferro e fino al grande Ruggiero che si fece incoronare Re di Sicilia 25 dicembre dell'anno 1130 di nostro signore. Uomini d'arme e di pensiero della nostra genia che, partendo dalla questa contea, avrebbero marciato, combattuto e conquistato terre su terre senza freni.

Abbiamo esagerato, abbiamo fatto proprio le cose in grande e il meridione d'Italia ce lo siamo preso proprio tutto facendone, per la prima volta nella storia, un unico grande regno. Come si dice da queste parti, simme trasute 'e sicche e ci simme mise 'e chiatto.

Dopodiché Ataulfo tacque. Renato riportò la testa verso l'alto puntando di nuovo lo sguardo al soffitto. Rimasi senza parole e ci fu una lunga pausa di silenzio. Quel racconto era stato illuminante e coinvolgente, ma pensandoci, quel finale, quella frase con cui si era congedato, mi sembrò leggermente fuori luogo. Che i normanni sapessero parlare già in napoletano? Mi guardai intorno, tutto sembrava normale, ma intravidi un piccolo libro su un mobile vicino al tavolino. Renato restava nella sua scomoda posizione, non parlava più, né come entità Ataulfo né come il mio amico, ma cominciò ad emettere uno strano rantolo, poi una specie di sussulto sommesso che risuonava in modo stravagante dalle narici del suo naso.

Mi alzai e avvicinai al libro che aveva attirato la mia attenzione, lo presi e ne lessi il titolo ad alta voce senza rendermene conto: John Jiulius Norwich, I Normanni nel Sud. 1016-1130. Qualcosa non quadrava, ma il "che cosa" esattamente mi fu chiaro solo quando il mio amico scoppiò finalmente in una sonora e grassa risata alle mie spalle non riuscendo più a trattenersi.

Rena', ma allora sei veramente 'nu figlio 'e zoccola!

METÀ-AMORFO-SI

Un mattino, al risveglio da sogni inquieti, Gregorio Santi si ritrovò, suo malgrado, proprio nel giorno del suo quarantanovesimo compleanno, in totale isolamento insieme alla sua famiglia.

Durante la notte il governo aveva emanato un decreto che, a causa della pandemia e del nuovo virus, inseriva anche Novara nella zona rossa. Insomma, la città aveva cambiato colore all'improvviso.

Sulle prime, un misto di sarcasmo e di perfidia lo avvinse e pensò che magari era un bene per una città come quella, che di colore ne aveva decisamente poco, ritrovarsi colorata di rosso.

Quando in un posto ci devi stare per forza e non per scelta, difficilmente lo si riesce a metabolizzare. Gregorio, uomo del sud, anche se abituato a vivere e viaggiare in diverse città e Paesi, non sentiva nessun vero legame con la città della cupola di San Gaudenzio. Non amava la pianura padana piatta e scialba, il suo clima umido, grigio e soffocante. Non amava le zanzare e tutta quella moltitudine di insetti pestiferi che rendevano le sere d'estate insopportabili. Non amava il fatto che fosse lontana dal mare, dalla luce forte che si riflette sull'acqua, dai colori e dai profumi intensi del meridione. Soprattutto, non amava l'idea che i novaresi fossero così irrimediabilmente chiusi in se stessi.

Luoghi comuni, d'accordo. Però Gregorio conosceva già il nord, e non solo il nord Italia. Conosceva anche il nord Europa, per averci vissuto e usava quelle esperienze personali come termine di paragone. Il risultato dei suoi pensieri era sempre che Novara restava la più ostica di tutte le città conosciute, vissute e visitate in precedenza. In poche parole, quella città non gli apparteneva e lui non sentiva di appartenere in nessun modo a quella città.

Anche il rapporto con la strada e la casa in cui viveva era sempre stato a dir poco complicato. Prima di trasferirsi aveva vissuto circondato dal verde, dagli spazi aperti, da piste ciclabili interminabili e capaci di farti andare in bicicletta in ogni dove e poi era immerso nell'ordine, nella pulizia, nella pura efficienza. Finì col trovarsi a vivere, suo malgrado, in un grande appartamento al primo piano circondato da altre costruzioni inutilmente moderne, senza un orizzonte visivo stimolante e incastrato in un palazzo le cui due scale e i 30 appartamenti erano abitati, per lo più, da persone anziane e impicciose. In totale, con i suoi figli, si contavano in tutto 5 bambini. Una specie di ospizio con un regolamento condominiale fatto apposta per sopprimere sul nascere qualsiasi forma di esuberanza infantile! A voler essere precisi, in tutto il quartiere, se non fosse stato per gli immigrati che abbassavano la media dell'età, si sarebbero contati più animali domestici che ragazzini.

Altro tasto dolente era proprio quello degli animali da compagnia, o per meglio dire, i cani. Non che Gregorio odiasse i cani, ma andava in bestia perché sembrava proprio che nell'isolato dove era costretto a vivere si fossero concentrati i padroni di cani più strafottenti della regione. Il che costringeva lui e i suoi familiari a camminare con il costante timore di portarsi a casa, sotto le suole delle scarpe, qualche pezzo di puzzolente prodotto interno lordo canino.

Gregorio viveva, già da tempo prima di essere trasferito per lavoro a Novara, in uno stato di eterna sospensione.

Da tempo considerava sé stesso un quasi nomade o un non esattamente stanziale.

Il forzato spostamento in questa nuova città aveva acuito questa peculiare condizione mentale ed era in attesa di una qualche opportunità per prendere armi e bagagli e partire di nuovo.

Gregorio non aveva capito, però, che quello era solo l'inizio. Quell'otto di marzo, il suo compleanno e la prima festa della donna da inizio quarantena, passarono velocemente, quasi si fosse trattato di una semplice e noiosa domenica senza calcio a oziare in casa. A parte la difficoltà nel trovare la pizza di alta scuola napoletana che si era ripromesso di offrire alla famiglia per festeggiare, la giornata passò, tutto sommato, senza lasciare un segno apparente. Il guaio fu che quel giorno cominciò a ripetersi all'infinito. Quasi uguale, quasi sempre lo stesso, e quasi sempre tra le mura di un appartamento di 140 mq che con l'andare dei giorni diventava sempre più piccolo e insopportabile. Gregorio, camminatore compulsivo e amante delle biciclettate in solitaria, era in attesa ansiosa della primavera, per sentirsi più libero e smarcarsi dalla noia invernale novarese e invece gli arrivò, tra capo e collo, questa specie di condanna ai domiciliari. Una prigionia di quasi lusso, ma pur sempre prigionia.

Il finestrone della grande sala divenne il filtro attraverso in quale osservava la nuova realtà, improvvisamente, immobile e silenziosa. Appoggiato tristemente alla vetrata, si rese conto che la tanto detestata scarsa vitalità cittadina ora era un sogno. Nel giro di pochi giorni cominciarono a mancargli le abitudini più insignificanti e insulse, come quella di potersi fermare distrattamente a bere un caffè in un bar qualsiasi e scambiare quattro chiacchiere con il barista. Sarebbe andato anche in quel ridicolo bar del corso, gestito dal calabrese tifoso della Juventus. Meridionale e tifoso della squadra di Torino. Un fatto quanto mai ridicolo, inaccettabile e insopportabile ai suoi occhi, sebbene la cosa risultasse perfettamente in linea con una delle sue più profonde convinzioni, e cioè che Novara si trovi sì in Piemonte, ma da tempo ormai faccia provincia di Cosenza!

Il centro divenne, di colpo, una meta ambita. Avrebbe fatto di tutto per poter attraversare il cortile del Broletto lasciandosi alle spalle il Duomo. Rileggere per l'ennesima volta la lista dei caduti per la liberazione alla ricerca di un parente partigiano che non è mai esistito, men che meno a Novara. Osservare le antiche bifore e le colonne del porticato, lo scalone e magari contare uno a uno i mattoncini della pavimentazione scorrere sotto i suoi piedi. Oppure fare un salto al castello e alla Allea, sua oasi verde preferita in città e perché no, andarla a visitare una buona volta quella spocchiosa cupola antonelliana che fa di tutto per farsi vedere a chilometri di distanza dominando il piatto territorio che circonda la città. L'odiata pianura e i suoi fastidiosi insetti, le cascine troppo spesso mal curate e da decenni non vissute dal popolo di campagna, le risaie ancora in secca, con il loro intreccio di canali e strade strette tra villaggio e villaggio, ora gli sembravano luoghi da favola. Una bicicletta, il mio regno per una bicicletta, pensava.

Invece doveva rimanere chiuso in casa a guardare la strada dalla finestra del salotto con quei maledetti palazzi di fronte a bloccare la visuale. Arrivò al punto di pentirsi di non aver mai voluto comprare un cane ai suoi figli, perché, ironia della sorte, lo sconforto era tale che iniziò a invidiare i possessori di cani che avevano una motivazione valida per uscire a camminare.

Per dirla tutta, si sarebbe offerto anche di andare a pulire le strade dai loro bisognini pur di uscire, ovvero di vedere Novara dall'altro lato di quel vetro.

Infine Gregorio, al punto massimo della disperazione, ebbe un momento di lucidità. Un sorriso gli affiorò sul viso, come un matto che senza motivo, all'improvviso, ride da solo. Con un po' di amarezza e la giusta autoironia, realizzò che quei pensieri fino a poco tempo prima sarebbero stati impossibili, che questi erano nuovi ed inaspettati desideri e, quindi, rifletté sull'entità e sulle potenzialità di quella inaspettata metamorfosi.

Racconto selezionato per il progetto "Io Racconto da casa" del **Teatro Faraggiana** di Novara del marzo 2020. Lettura di Valeria Bosco pubblicato sul canale youtube ufficiale del teatro

RACCONTO 14 - META'-AMORFO-SI https://www.youtube.com/watch?v=dqke0qBcz8M

1980

Molti anni dopo, di fronte a quello sfregio nel muro della stazione, che lui vedeva per la prima volta e che era stato lasciato ad imperitura memoria, Gregorio Santi cercò di ricordare cosa stesse accadendo nella sua vita in quel lontano agosto e perché lui non avesse nessuna immagine del suo vissuto legata a all'evento che sconvolse la città di Bologna nel 1980. Immediatamente cominciò a ronzargli in testa un motivetto che c'entrava poco o forse no.

Chi va dicendo in giro
Che odio il mio lavoro
Non sa con quanto amore
Mi dedico al tritolo...

Non riuscendo proprio a ricordare nulla, cominciò col darsi delle colpe. Come al solito era stato distratto o disattento. Come aveva potuto non focalizzare l'attenzione su un evento così importante? In realtà una scusa ce l'aveva eccome, per non riuscire a trovare nessun dato nella memoria. Nel 1980 Gregorio Santi aveva solo 9 anni e non era certo interessato ai notiziari alla televisione.

Anzi, per nessuno o quasi degli eventi importanti accaduti quell'anno, si accorse, aveva un legame mnemonico diretto. La maggior parte dei fatti salienti del 1980 li conosceva per averli letti o ascoltati solo successivamente.

Tranne, ovviamente, il terremoto dell'Irpinia, vissuto in prima persona e la vittoria dell'*"italiano"* di Toto Cotugno a San Remo, che fu per anni un tormentone, un'ossessione piuttosto difficile da rimuovere.

Il mio Pinocchio fragile
Parente artigianale
Di ordigni costruiti
Su scala industriale...
...ma quale ordigno artigianale?

Si trovava sulla banchina del primo binario e continuava ad osservare il taglio nel muro. Il bambino impertinente che ancora farneticava di tanto in tanto nella sua testa nonostante l'età gli fece notare che, non fosse stato per il vetro, sarebbe riuscito a passare tranquillamente dall'altra parte e ad entrare direttamente nella sala d'aspetto. Cosa che avrebbe ovviamente fatto volentieri, anche solo per l'idea stessa di poter attraversare un muro senza passare da una porta, azione che lo avrebbe automaticamente accomunato a un fantasma. Mise subito a tacere quella inopportuna voce infantile e realizzò che quello sarebbe stato un atto di assoluta disonestà nei confronti di chi, quel due agosto di tanti anni prima, in quella sala, quel muro lo attraversò sì, ma solo dopo essere stato disintegrato dall'esplosione, a piccoli pezzi e in poche frazione di secondo. No, non sarebbe stato opportuno.

Per strada tante facce
Non hanno un bel colore
Qui chi non terrorizza
Si ammala di terrore

Le foto della stazione dopo lo scoppio le ho viste. Chissà se pure quel bombarolo si era messo ad osservare la sua opera da lontano?

Decise di entrare, rispettosamente, da una porta per andare a vedere l'altra faccia del taglio.

C'è una ringhiera, a protezione del buco parzialmente coperto che rappresenta il punto esatto in cui era stata posizionata la valigia con dentro l'ordigno a tempo, ovvero a *circa 50 centimetri d'al-*

tezza su un tavolino portabagagli sotto il muro portante dell'ala Ovest, allo scopo di aumentarne l'effetto (*).

Alzò gli occhi e vide la lapide coi nomi delle 83 vittime di varie nazionalità. La più piccola aveva 3 anni e pare si trovasse proprio accanto alla bomba al momento dell'esplosione. La lapide recita: vittime del terrorismo fascista.

Vi scoverò i nemici
Per voi così distanti
E dopo averli uccisi
Sarò fra i latitanti

I nemici? Una bambina di tre anni? Nemici di chi? di cosa?

Gregorio lesse tutti i nomi della lista in cerca di non si sa che cosa. Un parente, un nome familiare, uno delle sue parti o qualche curiosa coincidenza. Era tutta gente che andava in vacanza e quella lista di nomi era molto eterogenea. Settantasei italiani, il resto erano stranieri. Finita la tetra lettura, avvertì una insolita forma di secchezza delle fauci, ma sarebbe meglio dire un nodo in gola. Calcolò che il miglior modo di curarla sarebbe stato andare a bere un caffè al bar. Non era male, ma Gregorio non poteva ammettere a sé stesso che in una qualsiasi città del nord si potesse bere un buon caffè. Così recitò la solita stereotipata scenetta del napoletano che fa la faccia disgustata dopo aver bevuto una ciofeca e uscì dal bar e dalla stazione.

Fece pochi passi e vide l'orologio in alto, su un muro ad angolo. Controllò l'ora ed erano le 10:20 di parecchi anni prima.

La decisione è mia
Sulla condanna a morte
O l'amnistia

Si allontanò, alzo gli occhi al cielo. Vide un aereo diretto a sud. Istintivamente continuò a fissarlo fin quando scomparve alla sua vista. Gli sembrò un oggetto disperso nel tempo e nello spazio. Non capì il perché, non capì il nesso. Abbasso gli occhi e riprese a camminare canticchiando:

"chi va dicendo in giro..."

(*) Carlo Lucarelli, Nuovi misteri d'Italia. I casi di Blu Notte, Torino, Einaudi, 2004

Giugno

- 27 giugno - Italia: strage di Ustica: alle 20:45 scompare dai radar, 40 miglia nautiche a nord di Ustica, un DC9 della compagnia Itavia che da Bologna doveva raggiungere Palermo. Nessun superstite tra i 4 membri dell'equipaggio e i 77 passeggeri.

Agosto

- 2 agosto - Bologna: alle 10:25 una bomba esplode nella sala d'attesa della stazione causando 85 morti e 203 feriti. Quella che sarà ricordata come la strage di Bologna è riconducibile alla cosiddetta strategia della tensione.

Novembre

- 23 novembre – Italia: Terremoto dell'Irpinia: alle 19:34 una scossa di 6,9 sulla magnitudo momento pari al X grado Mercalli provoca circa 3000 morti, 9000 feriti, 280.000 sfollati e danni incalcolabili tra Campania e Basilicata (coordinate geografiche epicentro 40.85°N 15.28°E).

MADDALENA 1813

Nel mezzo del cammino che da San Biagio porta a Lusciano, Gregorio Santi si ritrovò davanti all'ingresso della Maddalena: a dire il vero, per la via si era smarrito. Da anni non passava da quelle parti e, abituato com'era a vagare quasi sonnolento, a lasciarsi portare dai sentimenti e dai pensieri, quando vide il portone di ferro battuto apparire subito dopo una casa con la muratura scrostata ebbe un sussulto e dovette fermarsi. Dietro il cancello c'è ancora un lungo tracciato di basolato, che conduce all'edificio principale di quello che era stato il primo manicomio mai realizzato nella nostra penisola. Non esisteva ancora uno stato chiamato Italia e qui già c'era un ospedale per i malati di mente. A quei tempi non li rinchiudevano i matti. Questo posto fu creato con tutte le buone intenzioni; I Borbone pensavano seriamente di poter trovare una cura per la pazzia. Ancora una volta, constatò Gregorio fra sé e sé, le vie per l'inferno si dimostravano lastricate di buone intenzioni e, in questo caso specifico, anche di pietra lavica.

Non potendo scavalcare quel muro e quel cancello come aveva desiderato d'impulso, iniziò a scavare nella memoria alla ricerca di qualche ricordo legato a quel luogo. Gli venne in mente una partita di pallone. L'area del vecchio manicomio, delimitata da alti muri di tufo giallo e alcuni cancelli, era molto estesa e comprendeva diversi edifici, come quello dell'antico convento riadattato ad ospedale o della chiesa. Inoltre, vi era anche un gran giardino con viali alberati nella zona dell'ingresso e intorno agli edifici un parco enorme, pieno di alberi, quasi un bosco; poi aiuole, capannoni di diverso tipo, orti, serre e impianti sportivi. Lui c'era stato con suo nonno da bambino e ricordava il campo da calcio e gli spettatori, tutti intorno al rettangolo di gioco, reagire alle azioni dei calciatori che rincorrevano il pallone. Gente normale che urlava e sbraitava e intorno qualche matto silenzioso e malandato che girovagava senza meta. Uno di questi, gli ritornò immediatamente alla mente, si era avvicinato mugugnando strane parole.

La memoria a volte funziona in modi a noi incomprensibili; ricordato quel fatto, venne fuori dai cassetti più profondi del cervello di Gregorio anche la sensazione vissuta in quell'attimo lontano. Rivisse quell' inspiegabile misto di timore, pietà e curiosità che lo aveva paralizzato tanti anni prima, finché un adulto, il nonno stesso forse, aveva intimato al pazzo di allontanarsi.

Qualcun altro invece gli aveva allungato una sigaretta accesa e il matto se ne andò apparentemente soddisfatto.

Gregorio considerò che in quel manicomio, da quel che sapeva, c'era stato di tutto, ma non c'era mai stata una cosa apparentemente essenziale: un tabacchino. *I pazzi vanno matti per le sigarette.*

A lui sembrava che ne fumassero una quantità sproporzionata. Magari chissà, il tabacco, pur essendo nocivo ai più, era la cura ideale per i malati di mente. O forse era vero il contrario: se i pazzi andavano "matti" per le sigarette non sarebbe stata affatto una cura né era una buona idea lasciargliele fumare. Vai a capirci qualcosa.

Si rese conto che, al solo addentrarsi col pensiero in questioni di pazzia, già la mente cominciava a fare brutti scherzi. Chissà come facevano i dottori, gli psichiatri, quelli che dovrebbero curarli, i matti, insomma. Per fare il medico dei pazzi ci vuole una testa che non gira mai su sé stessa, che sa andare sempre dritta e trovare una logica anche nel più insidioso labirinto di idee, per non perdersi mai. Lui invece, Gregorio, sarebbe stato sicuramente più adatto a diventare un matto di qualità che non uno psichiatra di livello.

Dalla strada, attraverso il cancello, Santi osservava l'edificio abbandonato e il giardino pieno di rovi e malerba. Sui muri di tufo esterni, la parietaria tra le fessure e altre erbacce spuntavano dai basoli lavici o dai cubetti di porfido della vecchia pavimentazione. C'erano tanti gatti e fu quasi sorpreso che non ci fosse anche un branco di cani randagi. Senza neanche accorgersene, appoggiò la testa tra due sbarre semi arrugginite e si mise ad immaginare più che a osservare.

Riuscì a percepire le urla di disperazione e provò un nodo alla gola pensando a lacci che legavano forte mani e piedi, a una camicia di forza. Avvertì pianti di solitudine, parole insensate e scritte sui muri a formare astratte composizioni poetiche. Gli vennero i brividi pensando a uomini e donne distesi, legati sui lettini, ad occhi spalancati per il terrore delle scariche elettriche trasmesse da elettrodi attaccati alla testa.

Cercò di quantificare quella moltitudine di storie perdute, non raccontate, di vite spese inutilmente tra quelle mura e di esistenze volutamente ignorate, anzi cancellate, messe da parte con una scusa. Aveva letto, ed era sicuro che fosse vero, che bastava poco per diventare matto. Anzi, bastava poco perché ti dichiarassero matto per interesse o per ignoranza. Finire per intralciare, per un motivo o per un altro, gli interessi del dignitario sbagliato poteva essere una delle cause più valide per ammalarsi di pazzia. Di questi potenti, dal Regno d'Italia al Fascismo alla Repubblica ce n' erano stati tanti che avevano usato il manicomio come una discarica per un'umanità diversa, fastidiosa o ingombrante.

Gli occhi di Gregorio, ormai, riuscivano a vedere cose che non c'erano più, ma che, ne era sicuro, c'erano state. Iniziò a quantificare il numero delle aree in cui venivano suddivisi i pazzi a seconda della supposta malattia, dalla pericolosità, dallo stato di degradazione morale. A lui pareva che fossero piuttosto ripartiti per gravità di colpa, secondo peccati attribuiti e non commessi. A lui pareva che il manicomio della Maddalena, come tutti gli altri, fosse organizzato in gironi, che quello che stava immaginando fossero anime in pena di dannati che vagavano circondati da alti muri di tufo e cancellate invalicabili e che su quel cancello avrebbero potuto scriverci tranquillamente *"lasciate ogne speranza, voi ch'intrate"*.

Completamente avvinto dal terrore che gli provocavano quei ragionamenti, decise che ne aveva avuto abbastanza.

Staccò il viso dal cancello e ritornò in sé. Si era fatta sera. Alzo gli occhi oltre il tetto del vecchio convento. Era una bella serata di quasi estate, il cielo era limpido e sereno e, anche se non era ancora completamente buio, riuscì chiaramente a vedere le stelle.

CARNE

"Che ci faccio qui?" si chiese Gregorio Santi, eterno uomo di passaggio, anima da sempre in sospeso sui luoghi e sui fatti della vita. Perché si lasciava ancora impressionare da queste sensazioni?

Cosa ci faceva o ci aveva fatto in tanti posti, forse pure peggiori di quello, in altre circostanze, allora? Domanda inutile. Il tempo, la sedimentazione dei ricordi, l'aggiunta di elementi secondari o non ancora chiari, le immagini scolorite che avrebbero continuato a circolare nella sua testa avrebbero trovato una via e un senso anche a quella situazione, prima o poi, come era sempre avvenuto in passato.

C'è anche una specie di centro storico, a Mataderos, se così si può chiamare. L'unica strada lastricata con dei sanpietrini invece che asfaltata, finisce in una piazzetta, che è anche l'unica curva o semirotonda di tutto il *barrio* e un piccolo museo creolo. Una zona di non più di una cinquantina di metri quadrati, forse meno, ma è l'unico punto di riferimento distintivo del quartiere. Poi rimane il parco, la *cancha de futbol*, ovvero lo stadio del Nueva Chicago, e poco più. Tutto il resto sono strade che si incrociano perpendicolarmente, case basse di forma irregolare e nessuna particolare bellezza architettonica. Una diagonale. Capita. Ogni tanto spunta fuori una diagonale, dove meno te lo aspetti, nella regolare squadratura di *avenidas y calles* delle città argentine, anche qui che siamo lontani anni luce dai quartieri eleganti di Buenos Aires e per arrivare a *Retiro* con un taxi o un autobus ci vogliono una cinquantina di minuti. Potendo scegliere, meglio il taxi. Sugli autobus di Aires sembra di stare su un tagadá che invece di girare su sé stesso, corre dritto senza freni incurante di qualsiasi legge fisica e regola della strada.

Eppure questo quartiere è circondato da altri che hanno sicuramente un fascino diverso, se non altro per i nomi più altisonanti come Parque Avellaneda, Villa Lugano, Liniers. Qui a Mataderos l'emblema distintivo è una statua di bronzo che rappresenta un toro e che racconta, insieme al nome, che questo barrio era nato intorno ad un gigantesco macello nel 1900. Un toro forte e cornuto, a ricordare la quantità inimmaginabile di vacche, suini e ovini che venivano macellati in questa area. Ora il macello è un centro culturale, ma nell'aria rimane indelebile, costante, inequivocabile, un odore pungente e nauseabondo. Sangue.

A chi potrebbe venire in mente di raccontare un pezzo di Argentina da questa angolazione? Ritornò a riflettere Gregorio, *"che ci faccio qui?"* e non sapeva darsi una risposta. Aspettava, col pesante fardello del suo bagaglio, un mezzo qualunque per andare in centro e lasciare quel posto il prima possibile. Aveva passato la notte in quel barrio per puro caso. Arrivando da Ezeiza, invece di imbarcarsi subito su un micro per marcare gli ultimi 350 km di distanza che separano l'Aeropuerto Pistarini da Rosario, si era fermato in un piccolo hotel in zona. Una scelta senza senso, dettata dalla fretta, da una certa dose di superficialità e dalla necessità di risparmiare. L'attesa sul marciapiedi rovinato dalla tipica incuria australe si prolungò più del dovuto, dando tempo ad una indecifrabile percezione di farsi largo tra i pensieri intorpiditi di Gregorio e fargli decidere di colpo che non aveva voglia di affrettare la partenza. All'altezza tra Lisandro de la Torre y avenida de los Corrales si fece, così, incuriosire dalla porta azzurra di un bar, incastonata in una decorazione in stucco rosa con uno scudo in alto che dichiarava "1900". L'edificio, che invece era di colore rosso, era proprio sull'angolo delle due strade. Entrò nel Bar Oviedo.

C'erano molti tavoli liberi, ne scelse uno vicino alla finestra per poter osservare la vita del quartiere da dietro ai vetri. Appoggiò lo zaino a terra e ordinò: *"dos media lunas dulce y un café. Por favor un café fuerte, bajo, expreso...por si no fuera claro, un cafè cuanto más italiano les pueda salir. Gracias"* (*)

Una specie di fissazione la sua. Continuava a provarci in tutti i luoghi del mondo, poche volte gli era riuscito di farsi capire dagli ignari e malcapitati camerieri improvvisati dei bar dell'America Latina. Sicuramente un tocco di superbia, mancanza di tatto e di delicatezza. Per quale strano motivo i baristi dei posti più remoti della terra dovrebbero sapere come si beve veramente il caffè in Italia e vi si dovrebbero adeguare? In fondo lo sapeva, che era una sciocchezza, ma non riusciva ad esimersi da questa stupida pantomima. Finiva col farsi riconoscere. Sempre. Non che non ci fossero altri aspetti a svelarne la provenienza geografica. E infatti.

"Voi italiani siete inconfondibili" -era una voce roca ed elegante, un italiano quasi perfetto e proveniva da dietro, da un tavolo vicino al suo che poco prima era vuoto- *"anche quando, come nel suo caso, fate di tutto per sembrare argentini. Devo dire che lei ci riesce molto bene. Complimenti per il castigliano"*.

Si voltò, salutò e ringraziò. Non avendo intenzione di proseguire una conversazione che si preannunciava noiosa, ritornò a guardare la strada dalla finestra.

"Vede, lei potrebbe pensare che sia colpa del caffè, ma non è così. Lo avevo già capito prima. Al primo sguardo. Uomo di mezza età, senza nessun tratto distintivo apparente, vestito in modo casual come un qualsiasi turista che potrebbe provenire da un posto qualunque eppure, a ben guardare, si nota subito una certa ricerca quasi inconscia nel mettere insieme gli elementi del vestiario. Il tipo di disegno, il modo di abbinare i colori. Mai veramente a caso. Voi italiani siete gli unici al mondo che riuscite ad essere eleganti anche quando vi vestite da..."

"Mi scusi" fece Santi, *"lei sta cercando li lusingarmi o di offendermi? Perché sa, non ho capito dove vuole andare a parare e non ho capito neanche perché si affanna a voler intavolare una*

conversazione con me. Onestamente non ne sento il bisogno e non mi va di parlare dei fatti miei col primo venuto"

L'uomo si scusò, ma allo stesso tempo si alzò dal suo tavolo e andò a sedersi con Gregorio senza essere invitato. Quel movimento fu lento, ma preciso pur cercando di mantenere l'equilibrio con una mano sul bastone e l'altra appoggiava sui tavoli e le sedie presenti sul percorso. *"Permette?"* Gregorio permise senza tanta convinzione. *"Ha già ordinato, ma se per lei va bene offro io e proverò a fare in modo di convincere il barista a fare uno sforzo per farle avere un caffè che somigli quanto più possibile a un espresso italiano"*. Detto fatto, si alzò di nuovo per parlare con il ragazzo dietro al bancone. Lo vide spiegare a gesti e a parole concetti e meccanismi ignoti al barista, che annuiva e agiva perplesso, sforzandosi di dare una impressione di efficienza.

"Posso chiederle cosa la porta qui, in questo quartiere senza nessun apparente interesse turistico?" disse tornando a sedersi.

Gregorio cominciò ad osservare l'uomo che aveva davanti e che lo fissava cercando la direzione della sua voce. Si trattava di una persona piuttosto anziana, cosa che non aveva notato prima, curiosamente elegante e fuori luogo. La maggior parte degli avventori del bar, pochi in realtà in quel momento, e la maggioranza dei passanti del quartiere erano vestiti in modo ordinario e scialbo. Notò un vestito molto ben tenuto, gessato grigio e gilet, un foulard al collo, rosso, perfettamente sistemato su una camicia bianca e stirata alla perfezione. La faccia era scavata, ma la corporatura non era quella di un uomo, longilineo. Aveva appoggiato il borsalino sul tavolo lasciando intravedere la rada capigliatura bianca, pettinata all'indietro con la brillantina, con una mano si appoggiava a un bastone per passeggiate di ottima fattura. Non portava occhiali, ma aveva intuito che ci vedeva di più con gli altri sensi che non con la vista.

Non avendo una buona scusa, disse le cose come stavano. Non c'era nessuna ragione valida per trovarsi lì a Mataderos e non riusciva neanche a trovarla e il barrio, da quello che poteva vedere, non sembrava avesse niente che potesse suscitare l'interesse di un viaggiatore. Ci tenne a sottolineare, viaggiatore, non turista.

"Capisco, ma si sbaglia. E poi bisognerebbe soffermarsi maggiormente ad osservare. Le strade, proprio le strade svogliate dei quartieri, non solo questo, intendiamoci, questi luoghi impensabili e sconosciuti ai più, sono le nostre viscere, proprio perché sono quasi invisibili per l'abitudine e inteneriti da penombra e tramonto."

Sembravano citazioni poetiche di un autore che non conosceva. Non avrebbe potuto ribattere, ma annuì.

"Mataderos è così o era così, oppresso da immortali distanze, e una volta, veramente si perdeva nella profonda visione di cielo e pianura. Sa perché? perché questo era il confine tra l'estremità del campo e l'inizio di una metropoli che non smette mai di crescere. Qui finiva la città e iniziava la pampa estesa, piana, libera, infinita."

Gregorio illuminato, pronunciò sottovoce *"orillero"*.

"Sorprendente, sapevo che non mi avrebbe deluso. Non si faccia portare fuori strada dai luoghi comuni, però. Qui il tango non c'entra anche se, a suo modo, il tango c'entra sempre. Sì, questo posto era un margine, una sponda come tante altre nella Aires che si allargava a dismisura, ma qui, nel caso non lo avesse ancora capito, le vere protagoniste sono le vacche e i loro carnefici."

Gregorio fu trascinato in un flashback improvviso, rivide se stesso leggere una vecchia guida turistica e rimanere colpito da come si raccontava fosse avvenuta, quasi per caso, la colonizzazione della pampa da parte degli europei. Si racconta infatti che i primi spagnoli che si spinsero fin qui dal Perù si insediarono portando con sé cavalli e qualche mucca, manzi e altri animali. La presenza degli indigeni e l'ostilità del luogo gli fecero abbandonare le pianure alla svelta, lasciando animali e tutto il resto alle loro spalle. Vacche, manzi e cavalli furono liberi di pascolare e moltiplicarsi. In poco tempo invasero tutta la pampa. Quando tornarono gli spagnoli, anni dopo, trovarono di che mangiare e di che cavalcare.

Era presto, stava facendo colazione, ma gli venne una voglia irrefrenabile di bere vino e mangiare un asado.

(*) due mezze lune dolci e un caffè. Per favore, un caffè forte, basso, espresso...nel caso non fosse chiaro, il caffè le deve venire quando più italiano possibile. Grazie

PIAZZALE ROMA

A forza di vagare trasognato, Gregorio Santi si ritrovò, anzi si perse, a Venezia. Al momento non si hanno altre sue notizie e quelle che seguono sono le ultime sue testuali parole riportate fedelmente da chi scrive.

Non è che proprio tutte le strade portano a piazzale Roma. Io, per esempio, non riesco più a tornarci.

Neanche seguendo le innumerevoli indicazioni per i turisti disseminate fra le calli di Venezia.

A un certo punto mi confondo o incontro qualcuno che mi attacca bottone, ce ne andiamo a bere e mi rimbambisce di chiacchiere -ma la cosa è sempre vicendevole- e insomma, finisco col tornare indietro fino a piazza San Marco. *"Ci risiamo"* mi dico, *"come cazzo devo fare per andare via da questa città?"* La linea d'orizzonte che mi appare dalla riva degli Schiavoni tende a farmi dimenticare la mia vicenda. Però che scenario! Anche se è troppo cinematografico per i miei gusti, è indubbiamente unico e superlativo. Preferisco i luoghi più segreti e intimi di Venezia, però *Mi morti*, la Giudecca, il canale, la Basilica della Salute, il Redentore e la chiesa di San Giorgio sono proprio un bel vedere. È parecchio che non vado più al lido. Peccato. Mi piace andare al lido, ma in mezzo c'è troppa laguna e avrei altro da fare. Infatti, mi sono distratto.

Cavoli, se potessi, ci tornerei anche a nuoto a piazzale Roma, ma questa *no xe aqua*. Non è né salata né dolce, non si capisce mica che roba è. Sicuramente non è limpida. Fosse stato vino, i *venessiani* l'avrebbero già prosciugata sta benedetta laguna. Avrei partecipato anche io in realtà. I Veneziani. Quelli che son rimasti, insomma.

Questa non è la mia città, ma è passato molto tempo da quando mi sono perso nel suo labirinto umido e vischioso.

Non è la mia città, però ormai ne conosco ogni calle, ogni ponte, ogni corte, ogni percorso, eppure

-Dio bon! - non riesco a ritornare a piazzale Roma. Sarà colpa del vino?

Bevevo anche prima, ma è quando che sono arrivato qui che sono diventato un vero professionista, *xe come che me g'avesse conferio* una laurea honoris causa. Manca che mi diano una medaglia al merito.

Dal momento che ho lasciato la terra ferma e mi sono infilato nella prima calle e attraversato il primo ponte, non ho più smesso. Me lo ricordo bene quando sono arrivato. *Gero anda' fin Campo Santa Margherita* e attraversato il ponte dei pugni, subito sosta in un *bacaro* di San Barnaba e *bon*. Lì ebbe inizio la mia perdizione, per così dire. C'è da dire però che era pura passione la mia. Fu amore a prima vista. Sentivo la necessità di voltare tutti gli angoli, osservare qualsivoglia muro scrostato e passare sotto gli innumerevoli *sottoporteghi* di questo infinito museo all'aria aperta. Così ogni volta, esausto ed estasiato da cotanta bellezza, finivo per andare a rinfrancarmi sul tavolino anonimo del primo bar a disposizione. *Lassa stare quei che te dise* che Venezia è una città morta, che è sporca, che *spussa* e che qui non c'è vita. Non capiscono un *casso*! Non ci sono mai stati veramente. Qui la vita pullula, ma di nascosto e bisogna saper scavare, andare a cercare. Non è per tutti. *Venessia xe una femena bea, vecia ma soda*, sinuosa, una gitana barocca con due cosce infinite e un seno superbo che ti fulmina con lo sguardo. Dicono sia romantica, ma è anche tanto zoccola. Puttana, insomma. Mi ha imbrigliato e poi tradito tante di quelle volte e ora che sarei anche stanco di questo amore, lei non mi lascia andare via. Niente. Imbroglia le calli e i ponti e lo fa appositamente.

Te vedi? Questi pensieri, queste riflessioni, mi fanno perdere la concentrazione e dimentico i miei propositi. Devo tornare a Piazzale Roma. Di solito prendo per l'Accademia o per Rialto, ma poi va sempre a finire allo stesso modo. Si vede che lei lo sa e mi aspetta al varco.

Come quella volta che c'ero quasi riuscito, "*Ora ti frego*" pensai. "*Faccio un giro larghissimo e diverso, vediamo se anche così riesce a portarmi per i vicoli, cioè le calli, e a farmi perdere la retta via. Devo far perdere le mie tracce. Faccio finta di andare verso Sant'Elena e poi mi butto per la calle del Dose. Anzi no, meglio di no. Ora che ricordo c'è un bacaro e subito dopo un'osteria in quella stradina e va a finire che mi fermo a bere. Magari vado più avanti in campiello della pescaria*".

Cazzo non c'era via di scampo, ovunque individuavo pericoli e distrazioni. A forza di evitare *bacari*, trattorie, bar, trattorie e luoghi battuti dai turisti, fu un continuo cambiare strada e, anche con tutto l'impegno che uno ci può mettere, quelle prima o poi finiscono anche a Venezia. Ne venne fuori un giro assurdo e ridondante di saliscendi e giravolte finché, disperato mi ricordai che c'è solo un posto in questa città dove nessuno ti può trovare. Si tratta di una corte segreta e nascosta e si trova nel sestiere di Castello, la zona più popolare di Venezia, vicino alla Basilica dei Santi Giovanni e Paolo.

Si chiama Corte Bottera e dicono che, entrandoci, di fatto si attraversa una porta magica.

Mi morti, ero talmente stanco e sudato a forza di scappare che mi diressi subito al centro, verso la vera da pozzo. L'ambiente lo conoscevo bene, ma mi soffermai ugualmente ad osservare gli elementi architettonici che maggiormente mi colpiscono di quel posto. Quasi per contarli, per vedere se c'erano ancora tutti. Una disposizione dell'animo la mia del tutto senza senso, ma non si sa mai. La meridiana in alto, di fronte all'ingresso, la scala esterna coperta e l'arco a tutto sesto murato in stile veneto-bizantino. Quello, in realtà era l'accesso al Palazzo Contarini della Zoggia che una volta sorgeva proprio qui. Poi le colonne, piuttosto basse, che sostengono il portico e una serie di sottoportici che vanno a sbucare nel vicino canale. Appurato che tutto era al suo posto, mi appoggiai con la schiena al pozzo sedendomi per terra. Sarò rimasto un minuto o due con gli occhi chiusi, non di più, che venni richiamato da un lamento sordo. IL vagito di un bambino appena nato, pensai. Possibile? Riaprendo gli occhi mi ritrovai circondato da una banda sorniona di gatti striati e curiosi.

- "*Cazzo ci fai qui*?" Sembrava mi dicessero.

Senza neanche pensarci risposi ad alta voce:

- *"Saranno cavoli miei. Lasciatemi in pace. Andate via Scio'!"*

- *Ho visto gente fare le cose più incredibili dopo aver attraversato la porta magica. Però, a dire la verità, è la prima volta che vedo qualcuno parlare con i gatti.*

La voce corposa e decisa veniva da una piccola porta socchiusa sotto la scala e creò il vuoto assoluto nella corte. Un silenzio irreale e fantastico. In effetti, la corte era deserta, sconta, a parte la presenza dei gatti, ma è detta arcana e lui è immortalato in questo luogo. Così, di tanto in tanto, si fa ritrovare proprio qui. *Me g'ero desmentegà.*

- *Salve capitano. Come butta?* Non potevo far finta di non averlo sentito.

- *Come le botti.*

- *...non ho afferrato.*

- *Niente. Solo uno sciocco gioco di parole. Questa corte si chiama così perché una volta c'era una bottega di botteri, dei fabbricanti di botti insomma.*

- *Ah!*

Le sa tutte. La porta si aprì definitivamente a mostrare tutto il suo fascino romantico da avventuriero d'altri tempi. No dico, a me piacciono le donne, però questo tizio qua è proprio uno attraente. Bel portamento, magro, slanciato, basette lunghe, cappello con visiera e paltò nero da marinaio portati con uno stile unico e inconfondibile. Insomma, fa invidia. Ha sempre una sigaretta fra le mani, ma anche quando fuma lo fa con un tale garbo che il fumo neanche ti dà fastidio.

- *Mi fai compagnia compadre? Bevi qualcosa?*

- *No grazie io dovrei... sono... sto andando a... Fanculo. Versami un bicchiere va! Sai, credo di avere un problema.* Gli dissi e poi andai a sedermi nella piccola stanza sotto le scale di fianco al tavolo dove era assiso anche lui.

Non feci molto caso all'arredamento dell'ambiente, ma, appena entrato, ebbi come la sensazione di trovarmi in un luogo e in uno spazio indecifrato e antico. Il legno, i bicchieri l'atmosfera era di altri tempi. Mi sentivo come in una scena disegnata a matita e colorata ad acquerello, del tutto immaginaria. Eppure ero lì con lui e, di nuovo, stavo bevendo un'ombra.

- *Mi sono perso, Corto. Non riesco più ad andare via da questa città. Non ne sono più capace.... Intanto bevo, bevo senza ritegno.*

- *...e pensi che un pirata come me possa fornirti una soluzione! Lo sai, anche io ogni volta che vengo a Venezia mi impigrisco.*

Certo, cosa avrebbe potuto mai dirmi una ombra tratteggiata in una corte arcana e nascosta dietro una porta magica?

Non so più tornare a Piazzale Roma perché "*Quando un adulto entra nel mondo delle fiabe non riesce più ad uscirne*".

MALA ORCULA

Un'antica leggenda, recentemente inventata

da Adolfo de Luca

C'era una volta una piccola regina che viveva nei pressi di Pozzuoli. Non proprio nella città che di fatto era pure più antica di Neapolis, ma nei dintorni di questo luogo, in quella zona che noi tutti conosciamo col nome di Campi Flegrei.

Proprio qui, secondo gli antichi romani, viveva anche un certo Orcus che nessuno aveva mai visto e che era il dio degli inferi perché da quelle parti c'era anche la porta dell'Ade o dell'Averno. In effetti il regno dei morti dei greci e dei latini si trovava esattamente dove c'è un lago che ha la forma di un cerchio quasi perfetto. É il lago di Averno, la porta degli inferi. Trovandosi sulla caldera di un grande vulcano, i campi flegrei per l'appunto, emanava gas e vapori, tanto che si raccontava che per gli uccelli fosse impossibile sorvolare lo specchio d'acqua.

Insomma, si potrebbe dire che questa regina avesse scelto un posto un po' spettrale dove andare a vivere e invece era un posto favoloso e anche troppo affollato per i suoi gusti. Secondo lei, era tutta colpa dei poeti, perché decantavano continuamente quei luoghi nelle loro odi, attirando frotte di navigatori, che una volta che vi approdavano ne rimanevano incantati e non andavano più via. Ce l'aveva particolarmente con Virgilio, che fece discendere Enea proprio nel lago d'Averno insieme alla Sibilla Cumana. Questo racconto poetico creò una nuova ondata di turisti che si dilettava al sole sulla costa e per le feste comandate se ne andava a fare visita ai defunti al lago, che era a pochi passi dal mare, unendo così l'utile al dilettevole.

A proposito di Sibilla Cumana: lei era di Cuma ovviamente, una delle più antiche colonie elleniche della Magna Grecia, ma anche la più lontana dalla madrepatria, guarda caso, il suo nome significa onda in greco antico.

La Sibilla era una sacerdotessa di Apollo e aveva una grotta tutta sua dove parlava con dei e morti, che le raccontavano fatti e presagi. Il termine tecnico che si usava per queste cose era vaticinio, ovvero predizione di avvenimenti futuri, per ispirazione divina. Quella grotta lei la chiamava antro, il famoso "antro della Sibilla", e stava proprio vicino al lago d'Averno. In sostanza, i fedeli si recavano da lei e le chiedevano di intercedere per conto loro con il regno dei morti e degli dei e anche la nostra regina ci andava spesso, ma, sebbene questa Sibilla fosse molto famosa, dei suoi vaticini nessuno capiva niente.

Per non far la figura dell'ignorante o della testona, la regina faceva buon viso a cattivo gioco e fingeva che la Sibilla le avesse predetto chissà quali grandi novità. Solo che fingere di aver capito i vaticini della Sibilla era, in realtà, una pratica comune a tutti i fedeli e, a dire il vero, incentivava la fantasia e la creatività collettiva: si faceva a gara a chi la sparava più grossa.

La regina un giorno tentò il colpo grosso e si mise a raccontare che la Sibilla le aveva rivelato che Ercole in persona sarebbe risalito dall'Ade per prenderla in sposa e che insieme avrebbero regnato sui Campi Flegrei, scacciando tutti quegli inopportuni ospiti che usurpavano le sue terre. Capirete quanto la presero sul serio i Cumani e tutti gli altri abitanti della zona. Si fecero delle gran risate alle sue spalle e anzi, alcuni uomini che miravano al suo trono e non la temevano affatto, la presero spudoratamente per i fondelli.

La regina rimase molto irritata per l'effetto del suo maldestro tentativo, ma non si rassegnava a dover convivere con tutta quella anticaglia mitologica, quei guerrieri e quei navigatori, quei poeti e quegli eroi, a cui piaceva quell'angolo di paradiso che lei, invece, desiderava tutto per sé e che sognava di godersi in pace e tranquillità, o con quelle processioni di gente a visitare i morti nel suo lago vulcanico. Sperava sempre che l'Orcus in persona si facesse finalmente vivo per portarseli tutti nel regno dei morti, ma, come vi dicevo prima, questo Orcus nessuno lo aveva mai visto.

Passava il tempo e la situazione peggiorava. La regina si arrovellava per trovare una soluzione e, pensa che ti ripensa, escogitò un piano, ma si rese conto che per portarlo a termine aveva bisogno di un'alleata e fu così che si rivolse alla fata delle acque, Morgana.

Questa fata era famosa perché realizzava per i marinai fantastiche illusioni per poi portarli alla deriva, ma era bretone, faceva parte di tutt'altra mitologia, quella celtica. Non fu facile convincerla a entrare in quella greca e latina, però la nostra regina ci riuscì ugualmente escogitando un sotterfugio. Venne a sapere che la fata si trovava per caso di passaggio nel Mediterraneo e che aveva da poco fatto un sortilegio da quelle parti; la rintracciò e le chiese di far sparire il lago agli occhi di naviganti e degli abitanti di quei luoghi tranne che a lei, la regina; in cambio le avrebbe regalato un pezzo del suo paradiso.

Morgana accettò di buon grado, perché le sembrò un buon affare. Firmò un contratto senza stare troppo a badare alle clausole, come facciamo noi per la luce, il gas e il cellulare e ideò un'illusione ottica che fece chiedere alla gente dove fossero finite le acque famose dell'Averno. Al loro posto si vedevano solo prati di fresca verdura, tanti alberi belli dritti e dolci colline inclinate. Il paesaggio era sicuramente gradevole, ma non era più quello decantato dai poeti e dai navigatori e quindi, grazie all'intervento di Morgana, la regina ebbe quel paradiso tutto per sé. Era però arrivato il momento di rispettare la promessa fatta. Ovviamente la regina non aveva alcuna voglia di condividere il suo regno con chicchessia, ma, come da contratto, diede a Morgana la solfatara, dicendole che era un posto fuori dal comune.

La fata, che essendo bretone non era abituata a certi giochi di parole, si ritrovò in un luogo che era sicuramente fuori dal comune, già che non era certamente in centro, ma che pareva un girone dell'inferno di Dante, che a quei tempi neanche lo aveva ancora descritto. Morgana si chiese cosa fosse quella specie di deserto pieno di lava, lapilli, fanghi incandescenti, che emanava pure una insopportabile puzza di uova marce. In breve le risultò evidente che la regina l'avesse imbrogliata e decise che le avrebbe fatto pagare l'affronto. Visto che le piacevano tanto le colline rigogliose e gli alberi da frutto, la trasformò in un melo. Non una melo qualsiasi, ma un albero che produceva una mela piccola, ma allo stesso tempo tanto pesante che non riusciva a stare sull'albero e cadeva a terra ancora acerba. Per questo motivo non era buona da mangiare e veniva data in pasto ai maiali.

La regina continuava a dominare sulla sua terra, in un certo senso, ma viveva ormai in quegli alberi, nei *pasteni*, cioè i melai e non poteva, in nessun modo, liberarsi dall'incantesimo. Non che fosse disperata, in fondo aveva quello che aveva sempre voluto e si abituò ad essere un tutt'uno con la terra e coi suoi frutti, ma quello che non sopportava era che quel pomo non fosse buono da mangiare. Con l'andare del tempo si accorse che le piccole mele, se lasciate al sole, magari rigirate di tanto in tanto, diventavano rosse, dolci e buonissime e che quindi potevano maturare per terra dopo essersi staccate dai rami. Da quel momento in poi, quella mela passò dalle leggenda alla storia, tanto che Plinio il Vecchio, un antico romano che faceva lo storico, la denominò Mala Orcula, proprio perché nasceva nei pressi della casa dell'Orcus, anche se, ripeto, questo Orcus nessuno lo ha mai visto. Si sa come vanno certe cose, il tempo passa, le lingue cambiano e la Mala Orcula divenne quella che oggi tutti chiamano la Mela Annurca Campana, arrivata fino a noi attraverso i secoli, ma che, come tutti sanno, rimane la "*regina delle mele*".

ZI' VICIENZO E LA PIETRA FILOSOFALE

A nu bello jurno, zi Vicienzo nun sapeva che fare e allora se mettette a pensare. Pensa che ci ripensa fino a che nun dicette "*embè, io oggi mi voglio imparare l'arte de scienza*".

Epperò "*Mica che l'arte de scienza s'impara accussì, da nu juorno a n'ato*" -dissero i paesani - *nisciuno nasce imparato. Devi andare da un mago".*

E allora zi' Vicienzo si armò de santa pacienza e se ne jette n'goppa 'a lu monte de Rienzo addò che ci stava il castello de Rienzo indove che ci abitava il famoso mago de Rienzo quello che, se tu chiedi, ti da sempre aurienza.

Bussò e una voce rispose:

"Chi è che bussa a stu castello in mentre che lavora il mio cervello?".

"So zi' Vicienzo e vengo da lu paese cu 'na santa pacienza e so venuto da lu mago de Rienzo che da sempre aurienza, pecchè mi voglio imparare l'arte de scienza". Fece Zi' Vicenzo.

"Ah! e allora trase", dicetta 'a voce che poi era quella de lu mago.

Appena zi Vicienzo trasette e lu mago vedette, alla prima occhiata s'accurgette che per qualche motivo la pace lu mago da tempo la perdette. Perché stava nervoso, con i capelli ingrifati, l'uocchie da fora della capa e teneva più tic dell'orologio a pendolo che stava vicino alla dispensa.

"Che vvuò da lu mago de Rienzo che da sempre aurienza' Fa' ampressa che vaco 'e pressa". E zi' Vicienzo*" l'ho detto prima...*

so' zi' Vicienzo e so' venuto da lu mago de Rienzo, che da sempre aurienza, perché mi voglio imparare l'arte de scienza"

"Ahe -dicette lu mago- *e mica l'arte de scienza se impara accussì, da nu juorno a n'ato...nisciuno nasce imparato, abbisogna studiare."*

"Eh! e chesto 'o ssaccio già" - dicette zi Vicienzo - *"è per questo che so' venuto da vuje"*

"E io mo' nun tengo tiempo" -rispunnette lu mago de Rienzo che chella vota, evidentemente, nun teneva molta voglia di dare aurienza. Poi ci pensaje 'nu mumento e capette che forse ce poteva ricavare qualcosa.

"Epperò...nu modo ci sarebbe"

"E dicite" facette zi' Vicienzo.

E lu mago..." *Devi trovarmi la ricetta della pietra filosofale che da tanto tempo cerco e non riesco a trovare solo allora l'arte de scienza ti potrò insegnare"*

"E va bbuò" -scunsulato pensaje 'o paisano- *"avimme fatto trenta, facimme pure trentuno. Andove sta chesta preta filesofiale"*

"Ahe! E 'na parola! ed è filosofale non filesofiale. Dunque...ti devi recare da lu principe de San Severo che abbita nella grande città che sta dopo le colline e vicino al mare e lui...lui sicuramente lo sa come si costruisce la pietra filosofale. Però arricordati che devi essere furbo perché chillo nun è che t'a da accussì pe' senza niente." Spiegò lu mago de Rienzo che da sempre aurienza.

"E va bbuono!" -dicetto zi Vicienzo- *"solo una cosa vi volessi addimmannare: ma a che serve sta preta fielefiosofiale?"*

"Si dice filosofale, bestia!" -si incazzò lu mago e subito riprese-*" in ogni caso, questo non ti è dato di sapere. Un giorno, quando me l'avrai portata e ti avrò insegnato l'arte di scienza lo saprai"*

Allora Zi Vicienzo se mettette n'ata vota cu na santa pacienza p' 'a strada e s'incamminò per la grande città che sta oltre le colline e vicino al mare.

E cammina e cammina...e mentre cammina pensa...e cammina e pensa...pensai che lu mago nun la cuntava giusta, epperò ancora nun capiva.

Arrivò al palazzo del principe di San Severo che sta nella grande città dopo le colline e vicino al mare e bussò alla porta del palazzo. ‘Na voce dall’interno rispunnette:

“Chi è che bussa a questo storico mio portone?
Del palazzo di San Severo son principe e signore.
Poiché se solo mercanzia avete da vendere
Vi dico subito che je non ho tempo da perdere.

“Io so zi’ Vicienzo e vengo, cu ‘na santa pacienza, da lu paese pecchè me voglio imparare l’arte de scienza. Da lu mago de Rienzo ce so già stato e da vostra eccellenza mi ha mandato perché dice che per imparare la preta fielosofiale devo attruvare”.

‘O principe e San Severo, che fesso nun era, capette subbito che se trattava e nu trucco del mago de Rienzo che valeva scoprire ‘o segreto incantato che nisciuno aveva mai anduvinato e che aveva mandato a zi’ Vicienzo con la scusa e l’arte de scienza pecchè se pensavo che lu principe l’aveva già truvato. Epperò capette pure che zi’ Vicienzo era in buona fede. Perché una persona onesta si riconosce subito.

“E allora -dicetto ‘o Principe a zi’ Vicienzo- *“Se vuoi scoprire il segreto devi diventare mio aiutante, ti devi mettere a studiare e ti devi impegnare perché solo con il sacrificio si ottengono i grandi risultati. A te la scelta”*

Zi’ Vicienzo capette subbito che lu principe era saggio assaje e, senza ce penzà ‘ngoppa ddoje vote, accettaje.

Se mettette cu na santa pacienza e co’ ‘a fatica e con l’impegno e, a nu poco alla vota, se imparaje tutta l’arte de scienza. Tant’è che col tempo la sua arte fu richiesta da principi e imperatori di ogni regno. Ma s’era scurdato sia d’ ‘o mago de Rienzo che della sua pietra filosofale.

Passarono tanti anni e il principe e il suo fedele aiutante zi’ Vicienzo continuavano a studiare, a scoprire, a inventare, a costruire e tutto andava per il meglio.

All'improvviso...a nu bello jurno...bussarono alla porta del palazzo del principe di san Severo che sta nella grande città dopo le colline e vicino al mare.

Zi' Vicienzo, che stava leggendo un libro talmente grande che per leggere un rigo di una pagina passava da un capo all'altro della stanza, si distolse a malincuore e andò alla porta. L'arrapette e con suo sommo stupore, vedette a lu mago de Rienzo che da sempre aurienza il quale, stanco di aspettare a zi' Vicienzo, lo era andato a cercare.

Zi' Vicienzo s'accurgette subbito che lu mago stava ancora cchiù incazzato di come quando la prima volta lo aveva incontrato.

"E allora?" -dicetto lu mago- *"t'a vuò imparare o no l'arte de scienza? L'hai trovata chesta benedetta ricetta della pietra filesofiale...fielefiosofiale...ahhh...filosofiale?"*

Zi' Vicienzo, che ormai era addiventato saggio e che sapeva che

"La pietra che tutti cercano, ma non si sa dov'è
Che' con magia cambia il povero metallo in oro
e trasforma ogni misero e umile pezzente in Re
È *la chimera dei furbi cui non piace il lavoro"*

Se facette 'na bella risata.

Lu mago, ancora cchiù nervoso dicette *"L'hai truvata o nun l'hai truvata?"*

"Eh, mio caro mago. Ce vo' 'a pacienza" dicette zi Vicienzo e chiudette 'a porta.

SENTO

Sento. Avverto qualcosa. Come il rumore di scarpe sulla ghiaia. Continuo. Fastidioso.

Viene da qualche parte del mio corpo, rimbomba tra le pareti del cervello, nel vuoto della mia mente. Spenta fino a poco fa.

C'è qualcosa che non torna in questo sogno.

Il rumore non è frutto della mia testa, non lo sto facendo io. E come se qualcuno lo stesse producendo dentro di me. Sarebbe il caso di svegliarsi.

Di tutti gli incubi che ho avuto in vita mia, questo è il peggiore di tutti. C'è sempre un momento, nel sogno, quando stai per cadere nel vuoto o per essere ucciso, che non te lo fa proseguire. Non è possibile sognare la nostra morte, io lo so. La mente si ribella e ci si sveglia. Nessuno può farmi sognare di morire.

Questa volta non accade. Continuo a dormire, ma sento che qualcosa si muove dentro di me.

Il rumore di passi sulla ghiaia, in realtà proviene dalle ossa del mio naso, rotte e spostate in continuazione.

Io ci provo a muovermi a svegliarmi, ma non è possibile. Come se non bastasse, mi sento fluttuare. Giro, volteggio. Tutto volteggia. Sono in un vortice buio, illuminato da suoni scarsamente percepibili senza materia né coscienza. E Allora devo essere morto. Sul serio.

Non sto dormendo. Posso solo sentire. Sono vivo, ma sono pure morto e mi sono staccato dal mio corpo.

Adesso sento delle voci e un rumore di ferraglia. Le voci provengono da sopra la mia testa e lo sferragliamento si unisce al rumore di passi sulla ghiaia, che poi sono le ossa del mio naso. Un momento, se so dov'è il naso, vuol dire che, in qualche modo, sto percependo la presenza del mio corpo o ne ho coscienza. Dove sono allora, fuori o dentro?

الله العظيم الله يساعدني أنا لا أريد أن أعيش في طي النسيان.
Allah, grande Allah aiuto. Non voglio vivere in un limbo. Non voglio morire continuando a vivere, così. Portami con te, ma non farmi ricordare, non farmi sentire, non farmi vedere. Questo non è il tuo paradiso: è il tuo inferno! Allah, Allah, cosa ti ho fatto per meritarmi questo?

Continuano a camminarmi addosso, dentro. Sento che il mio naso viene riempito con qualcosa. Spinge. Spinge e sale, sale in testa. Adesso sento di avere una testa e qualcosa che ci entra dentro. Dal naso.

Non sono più nell'aria. Per aria. Sono dentro. Adesso lo so. Lo capisco. Sono dentro il mio corpo, ma il mio corpo non mi appartiene, non mi risponde. Si lascia manipolare da qualcuno e da qualcosa che sta fuori.

Comincio ad avvertire altri suoni, altra ferraglia, il ritmo del battito del mio cuore amplificato che fa bip, delle voci intorno a me.

Una delle voci mi tocca la mano, la avverto. Ho anche una mano ed un braccio allora. Provo a muoverla, non ci riesco. Di solito è facile, basta pensare di volerla muovere e lei si muove. Questa volta no. Devo provare più forte. Di più, di più, di più. Niente da fare. Il corpo c'è, ma non è più mio.

الله ، الله لعنة الله. لا أريد أن أعيش هكذا. دعني أخرج من هذا الجحيم.
Allah, Allah maledetto Allah. Non voglio vivere così. Fammi uscire da questo inferno. Cosa ti ho fatto io? Non pensavo di me-

ritare l'inferno. Allah, Allah, maledetto Allah, cosa ti ho fatto per meritarmi questo? Allah!

Il dito, il dito, sono riuscito a muovere il dito. Una delle voci se n'è accorta. La sento parlare:

"Si sta muovendo, dobbiamo fare presto".

Maledetti, cosa mi state facendo. Lasciate stare il mio corpo, il mio naso, la mia testa, le mie mani. Io posso muoverle sono mie.

"Abbiamo quasi finito, potete iniziare a svegliarlo".

Svegliarlo? Quindi stavo dormendo, ma che sogno è? Che incubo è? Quale maleficio è? Diventano padroni del tuo corpo che tu non puoi più usarlo fino a quando non lo decidono loro.

Chi sono questi stregoni?

"Saeed, Saeed sveglia Saeed Puoi sentirmi? Ricordi il tuo nome? Ricordi dove abiti?"

Saeed, mi chiamo Saeed. Me lo ricordo. Mia madre mi dice sempre che Saeed significa fortunato. Ricordo quando mi chiama. Ricordo il rumore che fa la ghiaia, fuori, quando ci cammini sopra per attraversare il cortile. Poi c'è il campo, dietro le nostre case, dove i miei amici mi aspettano per giocare a pallone. Corro, urlo, ridiamo, ma, all'improvviso, il pallone esplode. O forse non era il pallone. Non lo so. A Damasco, ultimamente, esplode qualsiasi cosa.

E adesso sono disteso su un lettino ed il mio corpo è sveglio a metà. Sono vigile ma ci sono pezzi di me che non rispondo. Ancora non rispondono. Non sento più le gambe. Perché ci mettono così tanto tempo a svegliarsi?

La mia faccia è tutta fasciata ed è pesante, ma posso aprire gli occhi. Vedo poco, ma sono vivo. Così mi dicono anche le voci intorno a me.

"Saeed, ragazzo. Tutto bene. Ce la farai. "

الو ، تومأ نأ ديرأ ال .نآلا ديرأ اذام فرعأ ال .ىلاعتو هناحبس هلل شيعلا لصاوأ

"Allah, grande e maledetto Allah. Non so cosa voglio adesso. Non voglio morire, né continuare a vivere così. Lasciami qui o por-

tami via con te, ma non farmi ricordare, non farmi sentire, non farmi vedere. Questo non è il tuo paradiso e nemmeno il tuo inferno.

Allah, Allah, cosa ti ho fatto io, per meritarmi la guerra?"

IN UN POSTO SCONOSCIUTO IN FLORIDA

Una volta sono uscito dall'autostrada per colpa del traffico e mi sono ritrovato in un posto sconosciuto in Florida. In Florida c'ero pure prima, quando ero in autostrada non è che mi ci sono ritrovato per magia.

Solo che finché te ne stai in autostrada, qualsiasi autostrada, di qualsiasi posto nel mondo, ti senti in una specie di limbo che, a dispetto di quello che dicono i cartelli stradali, è nessuno posto di preciso. È semplicemente autostrada.

Allora mi sono ritrovato a percorrere le strade secondarie di in un paese sconosciuto e tutto mi sembrava irreale. Tanto per cominciare, guardare oltre il parabrezza mentre stai guidando per le strade secondarie della Florida, è come guardare un telefilm alla televisione. L'autostrada no, perché è limbo. È nessun posto di preciso.

E invece nel telefilm c'erano le case, i cortili, le strade, gli alberi proprio come nei telefilm. Incrociavo auto americane, esattamente come nei film. Solo che io speravo anche di incrociare qualcuno del posto. Le facce dei *"qualcuno del posto"* sono tutte simili. Si capisce quando incontri qualcuno del posto e dà sollievo vedere che ci sono persone del posto e che sono persone vere in carne ed ossa, proprio come noi. Solo che sono del posto. Questo le rende speciali. Perché c'è il posto, sconosciuto, che ti mette timore e c'è il tipo del posto che lo conosce e che è una persona normale e quindi il posto sconosciuto ti mette meno soggezione proprio perché cominci subito a fidarti di quel qualcuno di quel posto. Che poi sarebbe in tutto e per tutto uguale a te se un forestiero dovesse venire nella tua città e tu fossi il primo tizio che il forestiero incrociasse. Tu cercheresti di farlo sentire a suo agio, visto che sei del posto. Perché non dovrebbe farlo anche questo tipo del posto, in questo posto sperduto in chissà dove di preciso, fuori dall'autostrada, in Florida.

Solo che il tipo del posto, in quel posto non precisato della Florida, non voleva farsi incrociare, si vede. Quindi, continuai a guidare per le strade secondarie e sconosciute in cerca di un percorso alternativo con la mia soggezione per quel posto e l'intima speranza di vedere una faccia. Una faccia qualsiasi, ma del posto.

Ovviamente, io speravo che il tizio che avrei incrociato e che avrebbe lenito la mia ansia da posto sconosciuto sarebbe stato un pedone intento ad attraversare la strada davanti a me o magari una signora impegnata nel sistemare il giardino a lato della strada che stavo percorrendo e possibilmente dal lato di guida, o, insomma, un qualsiasi individuo in grado di stare in piedi sulle proprie gambe e che vedendo passare la mia auto con dentro la mia faccia da forestiero, mi avesse guardato con uno sguardo compassionevole facendomi capire che non dovevo avere paura e che quel posto sconosciuto era un posto come tutti quanti gli altri.

Invece, la strada di questo posto sconosciuto, cocciuta, passava dietro lo schermo del mio parabrezza, vuota come un telefilm americano senza personaggi animati.

Più che Florida, sembrava Desertica.

Però continuavo a incrociare qualche auto, almeno quello, e pensavo proverò ad incrociare lo sguardo con un qualcuno del posto mentre guida la sua auto nel posto sconosciuto. Non avevo fatto i conti col fatto che tutti quelli che guidano da dietro ai vetri, in genere, sembrano tutti uguali e non hanno uno sguardo compassionevole, da poter incrociare, da nessuna parte, meno che meno in quel paese sconosciuto lontano dall'autostrada in Florida.

E allora svoltai a sinistra, incontrai un'altra strada che si allontanava dal posto e la seguii. Il telefilm finì con il cartello che indicava la fine del paese sconosciuto e la direzione da prendere per tornare in autostrada. Così, dissi addio a quel posto sconosciuto chissà dove in Florida dove la gente non cammina per strada. Era meglio tornare, quanto prima, al limbo, all'autostrada, al nessun posto di preciso senza la necessità di sguardi da incrociare.

TANOS

Sin dal mio primo viaggio in Argentina, mi resi effettivamente conto, che il nostro è un paese veramente piccolo. Fu quasi una epifania. Un dato evidente, che però il mio cervello non era mai riuscito a realizzare nel concreto.

Ovvio, se ci rendiamo conto che una delle più piccole delle provincie argentine infatti, Santa Fe, è grande più o meno quanto l'Italia peninsulare.

Per come la percepisco io questa differenza, in Italia il mare e la montagna sono cugini primi che si incontrano quasi tutti i giorni o, almeno, una volta la settimana; in Argentina sono spesso e volentieri, soltanto lontani parenti.

La vastità del paesaggio però è inversamente proporzionale alla densità di popolazione. La maggior parte della gente vive nelle grandi città, Buenos Aires, Rosario, Cordoba. Poi c'è il deserto. Deserto vero o steppa di Patagonia e Tierra del fuego, quello arido del nord ovest ed infine il deserto verde delle grandi praterie delle pampas.

Viaggiare sulle grandi strade nazionali, *le Rutas*, o le autostrade (ce ne sono poche in realtà) è un'esperienza straniante. Ad esempio l'autopista che da Buenos Aires conduce a Rosario è lunga circa 300 Km e, nei giorni di scarso traffico, sembra che solchi la pampa giusto per fare uno sfregio alle vacche che pensavano di poter pascolare indisturbate.

Secondo me, non ci fossero altre auto, si potrebbe percorrerla anche ad occhi chiusi, visto che non c'è una curva degna di questo nome. Una specie di rettilineo tracciato lungo un paesaggio che sembra ripetersi all'infinito sempre uguale a sé stesso.

Come se non bastasse, la segnaletica verticale in autostrada è decisamente parca di informazioni utili all'utenza. Metti caso che ti stai pisciando sotto. Controlli le indicazioni stradali di continuo perché vuoi sapere quanto manca alla prossima area di servizio ed invece ti appare un cartello che ricorda agli automobilisti, che *las Malvinas son argentinas*.

Sul momento ti chiedi: a chi può venire in mente un'idea del genere? Reclamare la pertinenza nazionale sulle isole Malvinas (o le Falklands per gli inglesi) in autostrada. Ed invece, a pensarci bene, c'è un qualcosa di artistico in questa bizzarra attitudine tutta argentina al patriottismo a sorpresa: si tratta di surrealismo australe.

L' andare per le grandi *rutas nacionales*, *autopistas* o la Panamericana, mi fa sempre sentire minuscolo, soprattutto quando viaggio in autobus e, non dovendo guidare, mi posso soffermare sulla scenografia che mi circonda. Penso al paesaggio montano, sempre curvato e ondulato e poi immediatamente marino del mio paese, lo confronto con il cielo immenso, sgombro di nuvole e al *campo* infinito che si dipana davanti ai miei occhi e subito mi sento perso. Ancora peggio è percorrere le strade della Patagonia Atlantica. Nella provincia di Rio Negro comincia la steppa patagonica. Se ti addormenti guardando il paesaggio desertico dal finestrino, ti risvegli dopo svariate ore e migliaia di chilometri percorsi attraversando le province del Chubut, quella di Santa Cruz, magari per arrivare fino in Tierra del Fuego, e ti chiedi se per caso non ti sei mai mosso dal punto di partenza. Il disegno del paesaggio, dietro il finestrino è rimasto lo stesso.

Per fortuna gli argentini sono una popolazione socievole, fin troppo a volte, e trovi sempre qualcuno che, appena capisce che sei italiano, ti attacca bottone e ti distrae chiacchierando.

Rifletto su questo dato e mi ricordo che ci si bacia tanto in Argentina. Pure in Italia, ma lo si fa tra conoscenti. Qui si usa dare un solo bacio sulla guancia, ma a tutti, anche alla persona che ti hanno appena presentato. Non fa per me.

C'è stato un tempo in cui, io italiano, vivevo nei Paesi Bassi e venivo in vacanza in Argentina. Gli olandesi salutano con tre baci, in Italia con due, e, come detto, in Argentina con uno. Devo dire che non è stato un periodo facile della mia vita.

E poi, gli argentini, dicono pure ciao, come noi. Anzi, loro dicono *chau*, ma solo quando stai andando via, altrimenti devi dire *hola*. Insomma, a me pare sempre di arrivare in spagnolo e andare via in italiano.

Io mi confondo spesso ed istintivamente, saluto nel modo cui sono più abituato quando incontro un conoscente. Quello mi guarda stranito e dice: *Che, ya te vas?* (Uè, già vai via?).

Hanno tutti o quasi un cognome ed un parente italiano quelli che conosco o che incontro sulla mia strada e per questo motivo possono spesso ottenere la doppia cittadinanza, ma nessuno sa fare un buon caffè. Grave. Io non glielo concederei il passaporto se fossi il responsabile dell'ambasciata italiana. Bisogna pur applicare un minimo di IUS CULTURAE.

Un problema mio, in tutta onestà. Io senza il mio caffè mi sento smarrito e vado in crisi di astinenza. Ho dovuto attuare delle contromisure. Ricordo che una volta portai a casa di mia suocera una bella moka e la mia miscela preferita. Poi la lasciai lì, chiusa, perché, almeno nelle mie intenzioni, mi sarebbe servita per gli anni a seguire. L'anno dopo non ci fu verso di aprirla. Che disperazione!

La mia dipendenza da caffè è maniacale. Una volta ho chiesto ad un povero barista del desolato nord australe se potevo prepararmi io stesso il mio espresso. *Senza scuorno*.

Non parliamo poi della pasta. L'argomento è semplicemente e tassativamente da evitare. Eppure gli argentini, in nome della loro discendenza italica, ci provano. Hanno ravioli, gnocchi, tagliolini e spaghetti che chiamano *fideos* e che condiscono con sughi assolutamente improponibili.

Anche a loro piace conversare mangiando ed in questo ci assomigliamo tanto.

Le conversazioni, come accade spesso anche da noi, vertono spesso sul cibo o sulla politica. Mi sento dire che il loro è un paese corrotto e che sono tutti *chorros*, cioè ladri. Buon sangue non mente, evidentemente. L'argomento politica prima o poi si esaurisce e così finisce che mi chiedono com'è la *comida* (il cibo) in Italia. In realtà, vogliono sapere come facciamo a mangiare tanta pasta. Qualche volta ci ho pure provato a dare una risposta seria, ma poi ho lasciato perdere. È una battaglia persa.

Il legame biunivoco tra argentino e carne è talmente stretto che un argentino che si professa vegetariano risulta come una contraddizione in termini. Sono convinto che in Argentina ci devono essere più *parrillas*, cioè le griglie per cuocere l'asado, che esseri umani.

C'è una vecchia barzelletta che gira in America latina, in realtà, uno sfottò nei confronti della popolazione rioplatense per eccellenza, che dice:

I peruviani discendono dagli Inca
I messicani discendono dagli Azteca
I guatemaltechi discendono dai Maya
Gli argentini discendono...dalle navi.

Ecco, mi dico, voi siete i figli o i nipoti di quelli che "discendono dalle navi" e quelle navi, per lo più, partivano da Genova e da Napoli. Dovremmo essere molto più simili nel modo di mangiare, di parlare e di preparare il caffè, ovviamente.

Inevitabilmente la mente mi porta a riflettere sulla infinità di storie di quegli immigrati italiani in questo paese in cerca di una vita migliore. Quella enormità di persone, che approdarono sulle sponde dell'America sbagliata. Così dicono loro stessi, ma la realtà, a mio avviso, è più complessa. A qualcuno è andata anche bene in fondo. E allora, chi ha la mamma siciliana, una suocera friulana, uno zio piemontese o un nonno napoletano. E i genovesi non ce li metti? Quanti ce n'erano nel solo quartiere della Boca a Buenos Aires?

Alcuni sono emigrati che l'Italia quasi ancora non c'era e, in ogni caso, queste persone, pur venendo da un paese così piccolo, spesso non si capivano neanche fra loro. Sarà per questo che la lingua del tango, il *lunfardo*, è un ibrido di dialetti italiani e di spagnolo.

Per non dire che il già consistente campionario regionale italiano di bestemmie e imprecazioni assortite, andandosi a mescolare con lo spagnolo ha creato questa specie di miscela esplosiva che è la parlata argentina. Anzi, io ho una personale teoria linguistica. Credo che l'intercalare tipico degli argentini, ovvero il "ce", che poi si scrive "che", da cui viene il famoso nomignolo affibbiato a Ernesto Guevara, divenne necessario perché c'era bisogno di un qualche sospensivo tra una mala parola e l'altra.

In tema di imprecazioni e offese c'è da dire che i creoli, ovvero, quelli che ai tempi delle prime ondate migratorie in Argentina, si sentivano i veri unici padroni del paese, additavano tutti gli italiani col dispregiativo di *Tanos*. In realtà la parola *tano* nasce come diminutivo di *napolitano*. Tano, mi è subito piaciuto perché si usa pure a Napoli come diminutivo di Gaetano.

Questo nomignolo, affibbiato a tutti gli italiani, ormai è solo un vezzeggiativo e non offende più nessuno e fa il paio con la parola *negro* che viene usato anche in presenza di persone leggermente abbronzate.

"*Así que vos sos tano?*" Così tu saresti italiano? Mi sento chiedere spesso. Ed io, con un motto di orgoglio e di senso di appartenenza, rispondo sempre, *"mira que yo soy tano, però tano de verdad"*. Si perché, io sono *tano*, sul serio, essendo italiano e napoletano. Sono *tano* al quadrato, insomma. Peccato che i miei genitori non mi abbiano chiamato pure "Gaetano": sarebbe stato perfetto!

ARTEMISIA

Eravamo ormai abituati all'arrivo dei napoletani con la loro spocchia e il loro disappunto. Cittadini della grande città, l'antica capitale del Regno, costretti a venire a vivere in mezzo a noi cafoni perché non si trovavano più case. Tanto per noi faceva poca differenza. Li chiamavamo tutti terremotati. Anche gli sfollati da Pozzuoli, con il loro accento assurdo, che col terremoto del 1980 non c'entravano proprio niente. Quell' area dei Campi Flegrei tra 1983 e il 1984 si sollevò di circa 180 cm per effetto del bradisismo, che è un fenomeno che fa andare la terra su giù come un ascensore. Molti pozzolani e tutta la gente che viveva nel Rione Terra dovette andare a vivere altrove. Il Rione fu chiuso per circa trenta anni fino a quando non è stato riaperto al pubblico e al turismo qualche anno fa. Ancora non è abitato come dovrebbe, ma adesso per lo meno si può visitare. Scenario spettacolare. Ci sono andato e lì, nella cattedrale, tra colonne e capitelli di epoca greca, le successive decorazioni barocche e le vetrate aggiunte nell'ultimo restauro, ho conosciuto una donna stupenda. Questa però è una storia d'amore un po' particolare.

Fino a quel momento, non avevo mai riflettuto sul perché nei musei d'arte, sotto i dipinti più antichi, è raro trovare una targhetta dell'artista con un nome di donna. Diciamo che non ci avevo mai veramente fatto caso.

Invece, non è affatto un caso se pensiamo che nel periodo che va dal 1500 al 1660 le donne erano addirittura bandite dalle botteghe degli artisti.

Eppure proprio in questo periodo ci fu una donna che entrò a far parte della schiera dei pittori italiani della scuola caravaggesca. Questo sì che è un caso, più unico che raro direi.

Si chiamava Artemisia Gentileschi e nacque a Roma nel 1605. Suo padre, Orazio, pittore anche lui, aveva una visione a dir poco avanguardista per l'epoca rispetto alla condizione della donna e introdusse sua figlia all'opera pittorica. Avevano un bel rapporto padre e figlia e Artemisia si fece notare per la sua tecnica sopraffina e iniziando a produrre opere in modo autonomo.

Artemisia era anche una donna avvenente ma, quando aveva poco più di vent'anni, di certo non era un'artista affermata. Al tempo casa Gentileschi era frequentata da un certo Agostino Tassi detto lo smargiasso; un pittore tardo manierista di un certo talento, ma di pessima reputazione. Orazio però aveva fiducia in lui e gli chiese di prendere a bottega sua figlia con la speranza di farla migliorare e di farla affermare nel mondo della pittura.

Allo smargiasso le potenzialità della ragazza interessavano poco. Lui vedeva in Artemisia solo una bella ragazza da sedurre e iniziò a corteggiarla. Dopo aver rifiutato più volte le sue insistenti avances, Artemisia fu stuprata dal Tassi e questo influenzò in modo drammatico la sua vita e il suo percorso artistico.

Le donne che subivano il *danno* di una violenza sessuale dovevano anche far fronte alla *beffa* di essere considerate disonorate.

La sola possibilità per riacquistare quell'onore perduto, per Artemisia, era accettare la promessa di matrimonio riparatore grazie al quale, all'epoca, si poteva far estinguere il reato di violenza carnale. Artemisia cedette dunque a quelle lusinghe, ma il matrimonio non arrivò mai anche perché, si scoprì poi, Agostino era pure già sposato. Finalmente querelato da Orazio Gentileschi, il Tassi subì un processo per stupro che in realtà fu più che altro uno strazio per la ragazza mentre lui, lo stupratore, subì una condanna a dir poco irrisoria. Costretto a scegliere tra prigione o esilio scelse quest'ultimo, ma in realtà rimase quasi sempre a Roma grazie alle commesse importanti che doveva portare a termine.

Violata nel corpo e nella mente, Artemia decise di lasciare Roma. Si spostò a Firenze dove venne a contatto con i migliori pittori di quel tempo e fu ammessa all'accademia di pittura.

Fu la prima donna in assoluto a godere di tale privilegio. Rimase legata alla corte dei Medici, ma iniziò a girare per le città italiane più importanti frequentando gli ambienti più esclusivi dell'epoca e facendo conoscere la sua pittura. Solo quando arrivò a Napoli però, ormai matura, trovò la sua vera dimensione e per la prima volta le furono commissionati dei dipinti importanti e si trovano proprio lì, nella cattedrale di Pozzuoli nel rione Terra.

Riuscì, quindi, incredibilmente, ad avere un ruolo tutto suo nell'arte proprio in terra napoletana.

Ma la figura di Artemisia e la sua personalità di artista, furono messe sempre in discussione. Successi e riconoscimenti in quanto donna, le costarono molta più fatica di quanta ne sarebbe stata necessaria a un pittore maschio.

Tanto per cominciare si parlava sempre prima dello stupro trascurando le sue qualità pittoriche. Fu addirittura dipinta come una prostituta dalla satira dell'epoca.

Lei non si diede mai per vinta e continuò a trasmettere la propria arte dimostrando al mondo che la figura della *pittora* non era poi tanto diversa da quella del pittore.

Dopo essere stata anche a Londra, tornò a Napoli, la città della sua consacrazione e vi morì nel 1653. Fu sepolta nella chiesa di San Giovanni Battista dei Fiorentini nell'antico Rione Carità, però la lapide su cui appariva una semplice scritta *Heic Artemisia* è andata perduta nella demolizione della chiesa negli anni '50. In vita come in morte, questa grande donna, sembrava destinata all'oblio.

Per secoli, la sua presenza nel mondo dell'arte, venne semplicemente rimossa, tanto da non essere menzionata neppure nei libri di storia dell'arte. Per fortuna, grazie ad uno storico dell'arte, Roberto Longhi, a partire dal 1916 si ricominciò a parlare di Artemisia Gentileschi fino a farla diventare una artista di culto, ma lo svuotamento della città di Pozzuoli portò ad un altro periodo di disinteresse.

Il tempo, alla fine, è stato galantuomo e oggi, la terremotata Artemisia è finalmente riemersa in questa fase ascendente di bradisismo fisico e culturale nel cuore dei Campi Flegrei. La sua figura è diventata una icona, una specie di femminista *ante litteram* capace di incarnare la necessità delle donne di affermarsi nella società.

Le sue opere si trovano ad un passo dal mare azzurro del golfo, immerse in una luce avvolgente e favolosa. Se la terra e il rione dovessero ricominciare a scendere e a tremare, se un giorno i terremotati pozzolani dovessero, malauguratamente tornare ad Aversa, per favore, ricordatevi di non lasciate lì Artemisia. Non lasciatela sola a disperarsi davanti al mare per l'ennesimo ignobile abbandono.

https://storienapoli.it/2017/07/08/artemisia-gentileschi-a-napoli/

NOTE DI UN TANO SUL TANGO

Notas (Gotan Project)

Africanos en las pampas argentinas
Toques y llamada de tambores
Candombe, tango

Un gaucho y una guitarra
La payada milonguera y el fantasma de la indiada
China, cebame un mate
Tango

Marineros, inmigrantes
Bandoneón, violín y flauta
Habanera, canzoneta de los tanos
Piano, piano, nació el tango

Nació el baile compadrito y orillero
Guapo, futurista y nostalgioso
Mestizaje de europeos, negros, indios

En el Río de la Plata, hace mucho
No se sabe justo cuándo
Un buen día nació el Tango

Notas è una canzone dei "Gotan project". Uno dei primi gruppi musicali a mescolare il tango con basi ritmiche tipiche della musica elettronica e house. Vale a dire bandoneón, campionatori e drum machine.

Gotan è la stessa cosa che dire Tango, ma a sillabe invertite.

C'è un po' tutto quello che *tango* significa in queste poche strofe. O per lo meno c'è l'essenziale. Che poi è quello che fa spesso la poesia: condensa, distilla, emana un profumo, rende l'idea.

Spiega senza dire molto. Nel caso del tango, in realtà, ci sarebbe una enorme quantità di cose da dire. Ci sono tante domande ancora senza risposta. Ad esempio: È veramente solo un ballo? È veramente imparentato con la poesia grazie alla sua lingua e il suo linguaggio? È da considerarsi più una metafora della relazione di coppia o, piuttosto, dell'esistenza stessa?

Chi lo sa! Non è un caso se esiste già una moltitudine di poeti, scrittori, intellettuali, e quant'altro che hanno sentito e sentono la necessità di parlare e scrivere *acerca de*, circa e intorno al Tango.

Allora, ho pensato di diluire i concetti espressi in questo testo a modo mio, aggiungendo la mia percezione, il mio punto di vista, anche se parziale e limitato.

Per diluire una sostanza, in chimica normalmente si usa l'acqua e nel processo di diluizione cambia il volume della soluzione e la concentrazione della stessa ma rimangono invariate le moli di soluto. Qui si tratta di diluire la sostanza poetica senza per questo scadere troppo nella prosa.

Mi pare giusto quindi, perché tutto nasce dall'acqua, lo sappiamo bene. In effetti, se io dovessi raccontare il tango argentino, allora sarei tentato di iniziare con una frase come questa:

In principio era il mate...

Il mate è un infusione preparata con le foglie di erba, o meglio la *yerba*, che provengono da una regione del Sud America situata tra Argentina, Uruguay, Paraguay e Brasile. In tutti questi paesi è la bevanda più comune e diffusa. Ecco, se c'è una cosa che unisce tutti gli argentini, forse anche più del tango, è il mate. Anzi, ci sarebbe da domandarsi: È nato prima il mate o il popolo argentino?

Risposta piuttosto scontata, il mate c'era anche prima. I colonizzatori spagnoli appresero la tradizione della preparazione del mate dagli indios *guaraní*. Solo che gli indigeni la bevevano fredda. I soldati spagnoli, che avevano l'abitudine del tè, presero l'erba, aggiunsero la *bombilla* (una specie di cannuccia metallica) e l'acqua calda e ottennero l'odierno mate. In altre parole, fecero la classica scoperta dell'acqua calda.

Ed è dunque l'acqua, quella del mate che insieme a quella dei fiumi, scorre dalle missioni al Rio Uruguay, dalle Ande al Río Paraná fino a....

Prima strofa: "*africani nella Pampa Argentina*". Dove sono questi afro-latini? Che fine hanno fatto? Ci sono stati gli schiavi, sia in Argentina che in Uruguay, come in tutto il nuovo mondo del resto, ma poi sono inspiegabilmente spariti da questa regione come molte tribù di indios.

Vittime di ignobile genocidio che però hanno lasciato le loro huellas, le loro orme, nel Tango: il *candombe*.

Il *Candombe* era, originariamente una danza drammatica e religiosa ed è quanto sopravvive di un'eredità ancestrale di origine Bantù, portata dagli schiavi negri nel Rio de la Plata. Anime doloranti, che serbavano inguaribili nostalgie della terra natia. Nell'epoca coloniale, gli africani appena arrivati davano ai loro tamburi il nome di *tangò*.

Seconda strofa: il gaucho e la sua chitarra a guidare mandrie su e giù per la sterminata pampa. Sempre al servizio di qualcuno e pur sempre libero e ribelle. Le *boleadoras*, il coltello, Il canto improvvisato e le danze tra soli maschi, *el asado*. Il mate. L'acqua calda di questa bevanda rimane nei residui della *yerba* abbandonati nel *campo* e va a depositarsi nelle acque dei fiumi Paraná e Uruguay e trascina con sé sedimenti di cultura ancestrale, *gaucha* e *criolla* fino all'estuario *del Rio de la Plata*. Qui, la cultura *india*, o meglio il suo fantasma, deve essere scivolata in quella *gaucha*, quella *gaucha* carambolata nella milonga, nella habanera e infine nel tango.

Payada, Milonga, indiada, cebame un mate. China, per dire ragazza dagli occhi a mandorla.

Che parole sono? Che lingua è? Strani verbi, sconosciuti sostantivi, inqualificabili aggettivi e assurdi vocaboli a sillabe invertite presi da lingue diverse e dai vari dialetti degli immigrati italiani. Si compone così questo *argot*, un gergo spagnolo, ma si fa per dire, che si parla a Buenos Aires. In ogni caso, non è propriamente il dialetto *porteño*, ma è piuttosto, in una visione più estesa, rioplatense. È *lunfardo*. Di fatto, la lingua del Tango e più precisamente, del *tango-canción*.

Terza strofa: Marinai e immigrati. Immigrati, primi fra tutti, *los tanos*. Questo dispregiativo usato dai creoli per additare gli italiani, in realtà è il diminutivo di *napolitanos*. Diventano tutti

compadres, guapos, gente ordinaria o *arrabaleros*. Triste e malinconica umanità, sconfitta e indurita dalla vita, dal lavoro pesante e dalla lontananza dalla terra d'origine la cui unica consolazione è la musica, il canto, il ballo. Non per niente Enrique Santos Discépolo diceva che il *tango è un pensiero triste che si balla*. Anche gli strumenti vengono da lontano, soprattutto il bandoneon, arrivato non si bene come né quando dalla Germania. E così, mescolando quello c'era e quello che continuava ad arrivare, come la habanera cubana e la canzone napoletana, a poco a poco, piano piano nacque il tango.

Quarta strofa: nasce così il ballo del popolo della città bassa o degli abitanti della periferia della città. Un tizio vanitoso, presuntuoso, gente di mala vita dei sobborghi di Buenos Aires. È guappo, futurista e nostalgico. È danza che serve per superare le difficoltà dell'integrazione e far trovare un'identità a questo miscuglio di europei, creoli, *gauchos*, negri e Indios. Il tango nasce proprio per capirsi, per farsi capire. Sì può ballare solo se c'è immediata intesa, complicità totale e maliziosa, intuito, istinto, se si capisce il suo linguaggio, quello dell'abbraccio, *el idioma del brazo*.

Diversità, quindi, e diversità vuol dire ricchezza. Ricchezza che si esprime anche nella infinità varietà di passi e nell'alternarsi di *cortes y quebradas*. Ricchezza poetica e di immaginazione. Ogni canzone è un piccolo affresco fatto di tinte nostalgiche, malinconiche, tristi giocate sul filo del tempo andato, dell'amore perduto, dei luoghi della passata gioventù, dell'incerto futuro e via dicendo.

Quinta strofa: In principio era il mate e tutta quell'acqua che continua a scorrere dalle Ande all'Atlantico bagnando immense praterie assolate, *las pampas*. Raccoglie, sedimenta, deposita e poi trasporta tutto, alimentando un fiume di culture, sfociando nell'oceano in un delta immenso, in un estuario che somiglia piuttosto a un pezzo di mare. Incubo dei geografi, meraviglia per gli idrologi. Lungo le *orillas*, le sponde del Rio della Plata che tutto accumula e rimescola, tempo fa, non si sa bene esattamente quando, un bel giorno nacque il tango.

SANDRO

Non avevo la più pallida idea di chi fosse quel vecchietto simpatico, con gli occhiali e la pipa che si agitava in televisione. Tanto meno del perché le telecamere inquadravano continuamente lui invece che farci vedere i calciatori e la coppa. Lui, il vecchietto, quella sera del 11luglio del 1982 allo *Stadio Santiago Bernabéu* di Madrid, durante la finale dei mondiali tra Italia e Germania, stava seduto vicino a *'o Re* di Spagna e al cancelliere di Germania, ed era felice come noi perché l'Italia era appena diventata campione del mondo.

Nella baraonda generale mi scappò, ingenuamente, di chiederlo ad alta voce *"Ma chi è questo?"*

Allora mio zio, che pensò bene di millantare competenza, rispose: *"Ma come? Chillo* é *'o Presidente d' 'a Repubblica"*. Poi rincarò la dose *"Guardate, guardate 'a Pertini, guardate 'o presidente come festeggia"*.

La mia seconda, impertinente, domanda inchiodò lo zio sapientone: *"e cosa sarebbe questa Repubblica?"* Silenzio. Ripresero i festeggiamenti.

Noi siamo così fessi che quando vince una squadra di calcio ci pare che sia scoppiata la rivoluzione. Ci scordiamo dei problemi e iniziamo a gioire che sembriamo dei *baccalà,* dei fessi insomma. Come quando il Napoli, finalmente, vinse lo scudetto per la prima volta che pareva che da quel momento tutto sarebbe andato nel verso giusto. Tutti ci avrebbero rispettato, non sarebbe più mancato il lavoro e la camorra se ne sarebbe andata a fare in culo una buona volta e per sempre. Sono gioie da poco, ma sono gioie che si ricordano lo stesso. *Nun ce sta niente a fa'*. È strano, ma è così.

Il vecchietto lì sugli spalti era fiero e contento come una Pasqua, continuava a agitare le mani e a salutare i calciatori italiani e dopo un po' mi resi conto che era giusto e normale che lo facesse, ma non potevo neanche immaginare allora quello che era stato capace di fare, nella sua vita, quel signore. Tanto è vero che, oggi che lo so, penso che ai bambini, invece che le avventure fittizie e improbabili degli *avengers*, dovrebbero leggere la storia vera di Super Sandro Pertini.

Tanto per cominciare, Sandro, era socialista. Un socialista vero e diceva che la democrazia senza la giustizia sociale sarebbe servita a ben poco. Hai detto niente!

Era socialista, ma di estrazione borghese, e quando scoppiò la prima guerra mondiale lui era contro l'intervento dell'Italia. Però poi ci andò lo stesso a fare la guerra.

Poteva fare l'ufficiale, ma essendo socialista e neutralista, per protesta si rifiutò. Alla fine, lo fecero ufficiale per forza ed andò a combattere, ovviamente, in prima linea.

Mo' dico io, uno così, teneva tutte le scuse per fare il disfattista o il disertore e invece si distinse per alcuni atti di eroismo e si guadagnò una medaglia d'argento al valor militare. Medaglia che non ottenne mai effettivamente, perché poco dopo la guerra, andarono al potere i fascisti e figurati se quelli davano la medaglia ad un socialista. Socialista e pure antifascista. *E che vai truvann' bello 'o frate!?*

'O guagliunciello finita la guerra *si pigliò* un paio di lauree, come se niente fosse, e si iscrisse -indovina un po'?- al Partito Socialista Italiano. Allora è vizio!

Ormai, però, le camicie nere in Italia la facevano da padrone e fecero la marcia su Roma.

Pare che gli squadristi avessero una predilezione per Pertini e lo andavano a *vattere*, si insomma a picchiare col manganello, spesso e volentieri. E per forza, quello si intestardiva a parlare male del fascismo, della corruzione del governo e dei crimini che già abbondavano.

Lui però teneva *'a capa tosta* e alla fine lo arrestarono perché stava distribuendo un opuscolo clandestino intitolato "Sotto il barbaro dominio fascista".

Eh, ma allora te le vai a cercare!

Ma che? A quello processi e carcere non gli facevano proprio niente, anzi disse ai giudici che qualunque fosse stata la condanna avrebbe continuato a lottare contro il fascismo, per il socialismo e per la libertà, qualunque fosse stata la condanna.

E quindi carcere, mazzate e, infine, dopo essere stato definito "un avversario irriducibile dell'attuale Regime" (si vede che alla fine i fascisti l'avevano capito), se ne andò in esilio volontario con fuga rocambolesca in Francia. Non si fermava mai Sandro. Pure all'estero continuava con la sua mania del socialismo e dell'antifascismo ed anche lì subì delle condanne, in contumacia si dice.

Come se niente fosse, piglia e se ne torna in Italia di nascosto. Tenta di organizzare un attentato al Duce, ma viene arrestato e processato. *N'ata vota!*

"Sentite, non c'è bisogno che io mi difenda, disse, chesta è *'na pagliacciata. Ditemi quale è la condanna che tanto avete già deciso" e poi si alzò gridando: Abbasso il fascismo! Viva il socialismo!"*

Stavolta però, il periodo di carcere lungo e duro gli cagionò la salute.

Dovete sapere che la madre di Pertini presentò domanda di grazia alle autorità. *Nun l'avesse mai fatto. "Mamma e come ti sei permessa?"* -Gli scrisse il figlio- *"mi sento umiliato al pensiero che tu, sia pure per un solo istante, abbia potuto supporre che io potessi abiurare la mia fede politica pur di riacquistare la libertà."*

Nell'agosto del '43, alla vigilia della caduta del fascismo, viene liberato e a uno gli viene da pensare, *mo'* si rilassa un poco e quello invece che fa? Subito se ne va a Roma a riorganizzare il partito socialista.

Si va bene, ma c'era una cosa ancora più importante da organizzare adesso. Si doveva fare la Resistenza per liberare l'Italia dall'occupazione dei nazisti che spargevano sangue per la penisola con l'aiuto dei fascisti.

E lui, ovviamente, divenne una delle personalità di primo piano di questa Resistenza. A Roma fu catturato dalle SS e condannato a morte, ma riuscì a salvarsi evadendo dal carcere di Regina Coeli e già solo questo episodio basterebbe per farci un film.

Nella lotta di liberazione si distinse in diverse azioni che gli valsero una medaglia d'oro al valor militare. E si vede che faceva collezione di medaglie.

Nell'aprile 1945 partecipò agli eventi che portarono alla liberazione dal nazifascismo, organizzando l'insurrezione di Milano e votando il decreto che condannò a morte Mussolini e gli altri gerarchi fascisti. Come sapete alla fine Mussolini e la moglie furono uccisi e appesi a testa in giù. Questa non è stata una cosa bella da fare, neanche a persone che avevano fatto tanto male come loro, ma la gente non ne poteva più e si abbandonò alla rabbia e si fece trasportare dal desiderio di vendetta. Sandro, però, anche questa volta, ebbe modo di dire le cose come stavano dal suo punto di vista:

" Io il nemico, lo combatto quando è vivo e non quando è morto. Lo combatto quando è in piedi e non quando giace per terra."

Insomma, *e cchi 'o sapeva chi era Pertini.* Un vero supereroe. Uno che aveva passato tutta la vita a lottare fino alla fine per una società più giusta e più libera per tutti, che capiva che quella nuova Repubblica spesso tradiva la sua stessa Costituzione, di cui lui era stato uno dei padri.

Quella sera di luglio, l'amatissimo presidente della Repubblica era lì in quello stadio a gioire per le vittorie di una semplice squadra di calcio, come se fosse *n'ata vota* la fine della guerra o il giorno magico della liberazione con la sua inseparabile pipa ed il suo sguardo sorridente, ma sempre severo.

Perché in fondo, queste sono gioie da poco, ma sono gioie che si ricordano lo stesso.

Nun ce sta niente a fa'! È strano, ma è così.

NINGHË NANGHË

E Ninco Nanco deve morire perché si campa putesse parlare
E si parlasse putesse dicere qualcosa di meridionale.
E Ninco Nanco deve morire...

Giuseppe Nicola Summa nacque ad Avigliano nel 1833 ed era conosciuto come Ninco Nanco o meglio, Ninghë Nanghë, per via della sua camminata dondolante.

Ninghë Nanghë voleva vivere libero e felice, ma nel suo destino c'era scritto che doveva fare 'la guerra. Anzi la guerriglia.

Veniva da una famiglia di gente violenta e passò l'infanzia a scappare, a correre, a difendersi, a nascondersi su per i monti, nei boschi, per le valli e le campagne della Basilicata.

C'era sempre la polizia borbonica alle loro spalle. Cercavano una volta il padre l'altra lo zio e seguivano la scia di sangue che lasciavano al loro passaggio.

Poi vennero a cercare pure lui perché, non ancora adolescente, tra botte, mazzate e coltellate, alla fine si ritrovò mezzo morto.

Ninghë Nanghë voleva vivere libero e felice, ma non disse alla polizia i nomi di quelli che lo avevano aggredito. Conosceva una sola logica, una sola via per ottenere giustizia: vendicarsi.

Aspettò il momento giusto e uccise uno dei suoi aggressori a colpi d'ascia.

Così iniziò la carriera criminale di uno dei più temuti briganti del meridione d'Italia, ma in mezzo ci fu la galera.

Dieci anni di carcere gli diedero per quell'omicidio, ma se ne scappò nel 1860 proprio mentre tutto intorno c'era un casino mai visto prima: la rivoluzione.

Ninghë Nanghë voleva vivere libero e felice, ma era ricercato e allora, visto che tutto stava cambiando, cercò di arruolarsi nell'esercito di Garibaldi con la speranza di ottenere la grazia.

Gliela rifiutarono per colpa dei suoi reati, ma intanto *"quelli"* arruolavano la peggio gente. Quelli erano i piemontesi che non erano neanche arrivati e già il popolo si era scocciato dei loro abusi. L'infatuazione per l'Italia unita era durata veramente poco per la gente del sud. Cominciavano a dire: *ahe cca un'altro poco si stava meglio quando accummannavano 'e Burboni.*

Per Ninghë Nanghë l'unico modo per essere libero voleva dire darsi alla macchia e fu così che ricominciò a nascondersi su per i monti, nei boschi, tra le valli e le campagne della Basilicata. E tra rapine, fughe e omicidi la sua terribile fama cresceva sempre di più. Finché un giorno incontrò Carmine Crocco, proprio lui *'o Generale de' Briganti* e il destino volle che nel giro di poco tempo diventò uno dei suoi uomini più fidati, il suo luogotenente.

C'era sempre la polizia Sabauda alle loro spalle.

Ninghë Nanghë voleva essere un uomo libero e felice, ma diventò il più inafferrabile di tutti i briganti del meridione. Su di lui se ne dicevano di tutti i colori e i piemontesi lo consideravano, non un semplice ladro, ma una belva umana, uno che strappa il cuore ai suoi nemici e se lo dicevano i piemontesi che di certe cose se ne intendevano, allora doveva essere vero. Eppure il grande capo dei briganti, Carmine Crocco, che lo conosceva bene, raccontava che mai, Ninco Nanco tolse la vita ad un soldato preso prigioniero e che lasciò andare molti suoi nemici perché avevano combattuto valorosamente.

Ninghë Nanghë voleva essere un uomo libero e felice, ma era una spina nel fianco dei piemontesi che riuscirono a catturare lo stesso generale, Carmine Crocco, ma lui non riuscivano proprio a pigliarlo.

Era già scritto, però, che l'incubo dei nuovi padroni del Sud, in qualche modo, doveva morire, perché era pericoloso, troppo pericoloso. Mica solo per loro. Lo era anche per certi nobili meridionali che facevano il doppio gioco. Alla fine qualcuno, con l'inganno, gli sparò a tradimento. Non si sa bene come e non si sa bene neanche quando, ma si sa che il corpo del Brigante, dopo essere stato fotografato, fu appeso all'Arco della Piazza di Avigliano come monito per coloro che avevano scelto di combattere i Savoia.

Ancora adesso in quelle terre, gli anziani, per spaventare i bambini più monelli, gli urlano dietro "*te fazzo fa la fine de Ninghë Nanghë!*"

...Ninco Nanco deve morire perché la storia così deve andare
E il Sud è terra di conquista e Ninco Nanco nun ce po' stare
(Eugenio Bennato)

SPIEGA LA VITA

Ah, zio, zio, com'è, com'è
Spiega la vita, spiega com'è
Ah, zio, zio, com'è, com'è
Spiegami bene, spiega perché

Enrico, si diplomò in una scuola serale che era già un uomo piuttosto maturo.

In realtà, questa espressione, nel suo caso, non ha molto senso, perché lui è sempre stato maturo.

Era maturo già da ragazzo, quando cominciò a lavorare come garzone in farmacia.

Enrico era notoriamente un gran *"faticatore"* da tutti considerato persona posata e seria.

Lo chiamavano *'o farmacista* e io l'ho conosciuto che lavorava nella farmacia *sotta 'a Nunziata*, quella che si trovava a pochi metri da Porta Napoli e fa parte dell'antico e imponente edificio dell'Annunziata ad Aversa.

Se c'è una cosa che gli ho sempre invidiato era quel suo senso di sicurezza da cui derivavano una gran imponenza e una straordinaria determinazione.

Tutte qualità che non ho mai ereditato da lui, purtroppo.

Io avevo paura di qualsiasi cosa e lui invece sembrava non avesse mai dubbi e faceva *tremma'* a chiunque con la sua voce e la sua presenza da armadio a due ante in rovere scuro. O meglio, bruno.

Una di quelle cose cui uno si augura di non andarci mai a sbattere contro; per dare l'idea.

Raccontava che durante un una rapina a mano armata in farmacia dovette calmare il rapinatore che probabilmente era un tossicodipendente in cerca di qualche lira (quando c'era ancora la Lira) per pagarsi una dose:

- *"Guagliò, stai calmo! Pigliate 'e sorde, vattenne e facce sta' tranquilli".*

Glielo deve aver detto proprio così, senza fare una piega. Non ho dubbi in merito.

E poi, come dicevo, *'o farmacista* dovette diplomarsi perché, siccome lavorava già da ragazzo, non aveva finito gli studi e gli serviva il diploma.

La scuola serale si chiamava Istituto Mater Dei e dover frequentare quei corsi di recupero era una scocciatura non da poco per uno che aveva tante altre cose a cui pensare.

Per di più, l'istituto era ricettacolo di tanti *"ciucci"* di famiglie agiate della provincia. Zoticoni o guappi di cartone dei paesi limitrofi e no, che crescevano in quel brodo sottoculturale in cui imperversano ignoranza, maschilismo e cultura della violenza.

Proprio una bella seccatura.

Pare che uno di questi giovani soggetti che frequentavano lo stesso istituto, si divertisse a rompere le scatole ad una giovane e avvenente professoressa durante le lezioni facendole delle avance sessuali.

- "*Guagliò, ti stai al posto tuo. Vuoi fare la persona seria?"*

- *"E tu chi sei? Che vuoi? Je songo 'e Casale...tu 'o canusce 'o fierro?"*

Lo minacciò chiedergli se sapeva cosa fosse il ferro, la pistola.

L'agro aversano, erano a quei tempi, una specie di Far West dove qualsiasi cretino millantava appartenenza o protezione di un qualche clan camorristico o si spacciava come possessore di terrifica ferraglia da fuoco. La gente comune viveva di incubi per colpa di questi pazzi e molti ne approfittavano pur essendo dei semplici balordi come ad esempio, il soggetto in questione.

- *"E tu 'o canusce 'o manifesto?"* Gli rispose prontamente e sempre senza fare una piega Enrico dopo averlo "pesato" con mezzo sguardo di traverso.

-"*'o manifesto? Si, cioè... no. In che senso?"* Rispose il tipo disorientato e perplesso.

-*"Te dongo 'nu schiaffo solo e t'azzecco 'nfaccio 'o muro comme 'a 'nu manifesto!"*

Risate generali del resto della classe. Guappo di cartone colpito e affondato.

...e piano piano si srotola di questo film la pellicola. Ah, zio, zio… (Paolo Conte)

IL RACCONTO DEL RACCONTO DEL "GOL DEL SIGLO"

«...la va a *tocar para Diego, ahí la tiene Maradona,*
Lo marcan dos, pisa la pelota Maradona,
Arranca por la derecha el genio del fútbol mundial,
Y deja el tendal y va a tocar para Burruchaga...
¡Siempre Maradona! ¡Genio! ¡Genio! ¡Genio!
ta-ta-ta-ta-ta-ta... Goooooool... Goooooool...
¡Quiero llorar! ¡Dios Santo, viva el fútbol! ¡Golaaaaaaazoooo-ooo! ¡Diegooooooool! ¡Maradona! Es para llorar, perdónenme ... Maradona, en una corrida memorable,
En la jugada de todos los tiempos... barrilete cósmico... ¿de qué planeta viniste?
¡Para *dejar en el camino a tanto inglés! ¡Para que el país sea un puño apretado, gritando por Argentina! ... Argentina 2 - Inglaterra 0...*
Diegol, Diegol, Diego Armando Maradona...
Gracias Dios, por el fútbol, por Maradona, por estas lágrimas, por este
Argentina 2 - Inglaterra 0.»

Queste sono le esatte parole pronunciate dal cronista argentino in diretta durante la lunga cavalcata di Maradona contro l'Inghilterra. Era il 22 giugno, erano i mondiali del 1986, allo Stadio Azteca di città del Messico e la narrazione in questione era, anzi è, di un signore che si chiama Víctor Hugo Morales.

È uruguaiano e, ufficialmente, di mestiere fa il giornalista. Uno che si chiama Victor Hugo però non può che essere anche scrittore. In realtà è anche saggista, lavora come cronista sportivo, telecronista e presentatore. Purtroppo però solo pochi si spingono oltre fino a definirlo, come meriterebbe, poeta. Morales, che abbandonò l'Uruguay perché perseguitato dal regime militare, fu imprigionato e preso dal regime militare del suo paese quattro volte nel 76 e nel 77 per testimoniare in caserma, finché alla fine la Federcalcio uruguaiana bandì la voce della radio più popolare del paese nel 78. Si stabilì sull'altra sponda del Rio della Plata, venne nominato direttore generale dello sport di Radio Argentina ed assunse l'incarico di commentare le partite della Coppa del mondo di calcio.

Quarti di finale. L'Argentina di Diego contro gli Inglesi di Gary Lineker, dei durissimi Fenwick e Butcher, a pochi anni di distanza dalla guerra delle Falkland-Malvinas; come tutti sanno, una ferita ancora aperta per i sudamericani. Il calcio, ancora una volta si "scontra" con la Storia. La *Selección albi-celeste* è già in vantaggio grazie alla *Mano de Dios*; il più grande calciatore d'ogni tempo aveva superato Shilton in diretta mondiale, con un gol di pugno furbescamente mimetizzato dietro la sua *cabeza* riccioluta. Gli inglesi sono inferociti, ma l'arbitro tunisino Ali Bennaceur, convalida.

A beneficio di chi non può apprezzare il valore ed il colore del testo in lingua originale, che sarebbe riduttivo considerare semplicemente lingua spagnola o castigliana, ma più propriamente *rio-paletense*, mi sforzerò di tradurlo senza renderlo eccessivamente prosaico. L'intera giocata dura 10 secondi, 60 sono i metri percorsi, 6 gli avversari superati, 15 i tocchi di palla. Il commento fino al momento in cui la palla viene posizionata nel cerchio di centrocampo per fare ricominciare il gioco, dura un minuto circa.

L'azione inizia a centrocampo, con un disimpegno del difensore centrale argentino Enrique che, come avrà modo di dire scherzosamente in seguito, fu l'autore materiale di un assist meraviglioso per il Pibe de oro che non poteva far altro che segnare. La palla, in realtà, arriva a Maradona poco all'interno della metà campo argentina. Diego è spalle alla porta e con due avversari in marcatura, Beardsley davanti e Samson dietro. Con un controllo, una rapida giravolta e dribbling largo per evitare il fallo, li manda a vuoto entrambi.

V.H. Morales ci ricorda, immediatamente, che siamo al cospetto di un genio:

"...la tocca per Diego, ecco, ce l'ha Maradona. Lo marcano in due, tocca la palla Maradona, avanza sulla destra il genio del calcio mondiale."

Accelerazione centrale con Reid di fronte e Beardsley in recupero da dietro, ma con un nuovo cambio di velocità e di direzione li taglia fuori.

V.H. Morales qui immagina rapidamente, che dopo le due mosse di grande livello, in cui già si era espressa tutta la classe del campione, Maradona avrebbe allentato la tensione, facendo la cosa più logica, ovvero alleggerire sul compagno di squadra al suo fianco sinistro, così come si può allentare un filo per tendere i panni:

"La toccherà per Burruchaga.. Allentando la corda."

Al contrario, Diego, Il cui estro sfuggiva a qualsiasi logica terrena, si invola in corsa diretta verso la porta sul lato destro, con un inserimento in area che è come uno schiaffo in faccia agli avversari e riesce a sorprendere tutti, telecronista compreso che ripete come un mantra:

"Sempre Maradona. Genio, genio, genio."

Ultimo slalom su Fenwinck e poi Butcher che vengono superati con forza ed eleganza. Morales è ormai in estasi e comincia a prevedere il futuro a tempo di musica, *ta ta ta* la palla non è ancora entrata e già urla ... gooooooooooool...

Sul punto di cadere, c'è il tocco di sinistro a rete dopo aver eluso l'uscita bassa di Shilton.

"Voglio piangere. Dio Santo, viva il calcio. golaaaaaazooo. Diegooooooool."

Il cronista, preso da folgorazione mistica, ricama la parte finale del suo memorabile commento: "*Maradona. C'è da piangere, scusatemi.*

Maradona in una corsa memorabile, la giocata migliore di tutti i tempi.

Ha quindi una epifania, e con la lucidità tipica di chi ha ormai raggiunto il massimo livello di beatitudine possibile per un essere terreno, realizza di aver appena assistito alla giocata di tutti i tempi e definisce mirabilmente Maradona *un aquilone cosmico.* chiedendosi*:*

"Da che pianeta sei venuto? per lasciare lungo la strada così tanti inglesi? Affinché il Paese sia un pugno chiuso che esulta per l'Argentina. Argentina 2, Inghilterra 0. Diegol, Diegol, Diego Armando Maradona... Grazie, Dio, per il calcio, per Maradona, per queste lacrime, per questo Argentina 2, Inghilterra 0."

Victor Hugo Morales aveva così dimostrato che la cronaca di una partita di calcio si può fare con il cuore in mano e che non è necessaria nessuna perfezione tecnicistica.

In una intervista sull'argomento, a distanza di anni, il radiocronista affermerà di sapere cosa è una "emozione violenta", tipica espressione da fatti di polizia, per quello che gli accadde in quel momento. Il motivo sarebbe stato la concomitanza di vari elementi. La meraviglia di quello che aveva fatto Diego. Il fatto stesso che si trattava di Diego, che per Morales era una persona speciale, una persona amata. Che l'evento in questione avvenne contro gli inglesi con il ricordo così vivido di quello che era stata la guerra de *Las Malvinas*. Per finire poi un sentimento molto forte che ha a che vedere con la superbia dell'essere umano, cioè il gusto per l'avere avuto "ragione". Victor Hugo si era esposto pubblicamente scommettendo su quella squadra, affermando che si sarebbe posizionata fra le prime quattro in quel mondiale. Quella partita definiva che l'Argentina era fra le prime quattro al mondo. Per ora.

Fonti:
https://youtu.be/8LqppgMuqq8
https://it.m.wikipedia.org/wiki/Gol_del_secolo

CIRU' IN MEZZO ALLE RISAIE

Mi, gho mia problemi a dirlo, io prima di incontrare Ciru', anzi prima di incontrare *'a Ciru'*, pensavo grosso modo che il mondo cominciasse e finisse in quella piccola porzione di Val Padana dove sono nato e cresciuto.

A scuola, già, la scuola, avevo imparato che la terra è grande e rotonda, ma per me era quasi come se il sole sorgesse su Cascina Gazzurlo, tramontasse su Cascina Canta e che, più o meno a mezzogiorno, si soffermasse sul campanile del santuario della Madonna del latte, nel mio minuscolo paese, Gionzana. D'estate picchiava duro, sempre lui, il sole, ma a metà settembre, faceva solo sporadiche o fugaci apparizioni in paese e sulle nostre solitarie risaie. Quando poi finiva il tempo della raccolta, a volte fino a primavera inoltrata, beh allora bisognava armarsi di tanta immaginazione per scorgerne la presenza in mezzo alla nebbia e al grigio plumbeo del cielo padano.

Novara, i suoi edifici, la cupola di San Gaudenzio, quelli appena si intravedono, dal balcone di casa mia, ma onestamente non sapevo che farmene della città e neanche dei suoi palazzi, per quanto potessero essere notevolmente più alti e grandiosi rispetto alle nostre casette di paese. Avevo tutto quello che mi serviva in campagna, o almeno così pensavo allora, solo che, purtroppo, c'era sempre meno gente in giro. Non lo capivo ancora, però quel piccolo mondo antico di cui facevo parte si stava sgretolando.

Le cascine si svuotavano, la guerra si portavano via le braccia più forti, l'automazione iniziava a lasciare senza lavoro tanti braccianti e quelle che una volta erano frammentate, ma estese comunità di campagna si sfaldavano e venivano assorbite dai centri cittadini e industrializzati. Di lì poco ci sarebbero stati in giro più trattori che mondariso. Che roba! Generazioni e generazioni di giovani contadini cresciuti spiando quelle donne, a guardare o immaginare di nascosto le loro cosce carnose e scoperte sotto i pantaloni corti e i loro seni prosperosi che si intravedevano dalle camicie scollate e quando arriva il mio turno, la mia adolescenza... Insomma, il materiale erotico a mia disposizione s'era sensibilmente ridotto.

La ghera una dümenega de primavera di tanti anni fa, quando conobbi Ciru', anzi quando conobbi 'a Ciru', che era un ragazzo della mia stessa età e altezza, ma molto più scuro di capelli e di pelle.

A dire il vero, più che un incontro fu uno scontro. Sbucò fuori da un cespuglio correndo come un *mat* e urlandomi contro qualcosa di incomprensibile mentre io me ne andavo in bicicletta su una stradina sterrata che dal paese portava in cascina. Riuscii a evitarlo, ma andai a finire nella cunetta a lato della strada. Nel rialzarmi provai a capire cosa era successo e a interpretare il significato degli improperi che avevo subito poco prima: *"Spostati strunz che se papà m'acchiappa poi ci abbuschi pure tu"*.

Strunz, non è il mio nome, *so' minga un tedesc*, ma è un titolo ingiurioso in lingua napoletana. Io mi sono sempre chiamato Lorenzo, ma da quel giorno *Strunz* divenne, in un certo senso, il mio secondo nome.

Neanche il tempo di pensare a una risposta e quel bocia, Ciru', scappò via per i campi e giuro che *el corea cumè 'na zœla.*

La secondo inaspettata presenza di quel dì apparve subito dopo. Il padre di Ciru' si fermò di fronte a me ansimante, mi guardò e mi chiese da che parte fosse scappato suo figlio. Suo figlio? Alzai le spalle riuscendo solo a biascicare qualcosa.

"Eh bravo -mi disse- *tu sei cchiu' strunz e mio figlio. Vi conoscete, è vero? Siete amici? Vi coprite a vicenda?"*

Si chiamava Antonio Cacace, zoppicava vistosamente e non voleva credermi. No, non l'avevo mai visto prima, 'a Ciru' e neanche immaginavo ci fossero dei forestieri sconosciuti e urlanti, in giro per le cascine intorno a Gionzana, come lui è suo figlio

"È meglio che non ti ritiri a casa stasera che te faccio comme ll'ora 'e notte" urlò in direzione dei campi e mi guardò ancora, minaccioso e rabbioso. Voleva dire "nero come le ore della notte", a forza di botte, si intende. Che dire? Che ero *Furtunà cumè 'n chœn in gésa.* Le cose andavano di male in peggio in pianura: c'era la guerra, sparivano gli uomini, c'erano sempre meno mondine e venivano sostituiti da scuri e minacciosi criminali forestieri che, invece di andare a servire la patria, emigravano al nord.

Alura. Non servirebbe neanche spiegarlo, ma questa pianura è caratterizzata da una regolarità e da una tale piattezza che definirla estrema non la rende proprio, l'idea. Le linee dei campi *ghe* talmente dritte che par che le *gha traccia'* col righello, così come le file degli alberi disposte a intervalli regolari e i pali dei cavi del telefono che se ne vanno lontano lungo la statale fino *dove che l'occhio no ghe riva pü.* In questo territorio la gente è portata a adeguarsi al concetto di conformità. Regolarità. Inalterabilità. A noi altri non ci piacciono, le novità. Una nuova casa, un fienile appena costruito o un qualsiasi altro elemento estraneo si fa notare con la stessa forza di uno schiaffo in faccia. *Ghe vol* tempo ad abituarsi, e questo vale anche per le persone. Ciru' e suo padre erano decisamente fuori luogo, eppure, nonostante la diffidenza, ero curioso. Andai a farmi raccontare da Nonna Maria della Canta chi erano quelle persone. *Non la ghera mia me nonna per davvero.* Anche se, nelle cascine, è un po' come se fossimo tutti parenti e a lei non sfuggiva mai nulla nonostante *che la fosse tanto vecia.*

Se ne stava in mezzo all'aia a dar da mangiare alle galline, con il suo fazzoletto bianco in testa e il vestitino a fiori, il solito, forse l'unico che aveva e che le copriva tutto il corpo fino alle caviglie, su cui spiccavano dei gambaletti color carne e il cui unico scopo era nascondere le macchie sulla pelle raggrinzita e secca. Un leggero tocco di vanità in un insieme così sobrio e estraneo a qualsiasi richiamo alla bellezza femminile. *Par un diri,* mi me riesce difficile immaginare che magari anche lei, che era stata mondina da giovane, *fosse sta'* oggetto dei desideri erotici di qualche giovane, un tempo.

E poi, Nonna Maria parlava come si vestiva. Un linguaggio fatto per lo più di antichi proverbi piemontesi misto a un italiano povero, secco, senza fronzoli e intervallato da lunghe pause per pensare.

"Besugna adatese a le circustanse e mangié 'd pan se a-i-e nen d'pitanse."

Adattarsi alle circostanze, voleva dire che lì in campagna ora serviva qualcuno che sapesse riparare i trattori. Proprio per questo motivo il *sciur parün* aveva assunto un meccanico, uno del meridione, vedovo, riformato perché già c'aveva un ricordino a una gamba dall'altra guerra e con figlio a carico, cioè Ciru'. "*Dove lo ha trovato, mi no so, la dise che l'è brav nel su meste'* - disse - *mi capissi nient, però il ragazzo l'è un ladro. L'è entra' in casa e ha portato via qualcosa. L'ho visto io. Cosa ci vengono a fare nelle nostre terre?"*

Andiamo bene! Un meccanico napoletano e il figlio ladro. Cosa aveva rubato? Anzi, cosa c'era da rubare? Non eravamo certo ricchi, noi altri paesani. Era tutta una lotta continua per la sopravvivenza, lavoro e sacrificio. In balia delle bizzarrie del tempo e delle stagioni. Una battaglia eterna contro umidità, nebbia e freddo, o caldo afoso e zanzare. Fin quando le cascine erano state piene di contadini bastava molto poco per tirare avanti, perché ci si aiutava l'un l'altro e si riusciva sempre a sbarcare il lunario, ma ora, beh, ora, la situazione stava cambiando. Come poteva esserci gente così disperata da desiderare qualcosa che appartenesse alla nostra misera vita?

Capita, succede, qualche volta, di avere in primavera delle giornate eccezionalmente calde e capita anche che *no la piova* per settimane e la terra dei campi, prima umida e fangosa, si inaridisce improvvisamente e, se tutto questo si combina pure con un fastidioso e insistente brezza che spazza la campagna e scuote i pochi alberi della zona, allora può succedere che la pianura si trasformi in deserto e che sulle stradine tra i campi si possa essere investiti da una specie di tempesta di sabbia e che le cascine e le risaie, non ancora allagate, spariscano all'improvviso. Capitò mentre cercavo il ladro: la bicicletta quasi non la trovava, la via, e il vento era così forte che non riuscivo neanche a stare dritto sulla sella. Ci sono pochi posti in cui nascondersi, al di fuori delle cascine, ma c'è comunque tanto spazio. Ma con un tempo come quello non lo avrei visto neanche a un metro. Ebbi, non so come, un'intuizione o un presentimento, lo avevo visto fuggire verso il santuario e andai in quella direzione, puntando alla cupola di San Gaudenzio, che si vedeva in lontananza nonostante la tempesta di terra sabbiosa. Proseguii sulle strade interne che portano alla città.

Era seduto sulla riva dell'Agogna, a tirare pietre nell'acqua del fiume con i suoi capelli nerissimi e la pelle abbronzata. Adesso, anche sul fatto che l'Agogna sia un vero fiume ci sarebbe da ridire. Dicono che è un affluente di sinistra del Po' e che, per quanto poca acqua scorra nel suo letto, è uno dei fiumi più lunghi del Piemonte. Sarà pure così, ma per me è sempre stato poco più che un ruscello e sognavo di vedere invece il Po', il più grande di tutti i fiumi italiani, ma quello era troppo distante dalle nostre terre. A Cirù, invece, quella poca acqua che scorreva lambendo Novara doveva sembrare già un miracolo perché, quando poi ebbi modo di parlarci, mi spiegò che lui, prima di emigrare, abitava talmente vicino al mare che pensava di essere più simile a un pesce che a una persona e che il suo elemento naturale era proprio l'acqua.

"Che ci fai qua strunz? Chi ti ha detto di seguirmi? Non ti potevi fare i cazzi tuoi?"

Provai a ribattere col mio vero nome, ma lui ormai mi aveva

battezzato a modo suo e non era in vena di complicate variazioni anagrafiche.

Venne fuori che quello che aveva preso dalla casa dei padroni altro non era che una cartolina. *"Fai sul serio, una cartolina? Tutto questo subbuglio per una cartolina?"* Una foto che mostrava una spiaggia, il mare, dei bagnanti e delle barche in un posto indefinito. Insomma, io già pensavo di liberare il circondario da un pericoloso criminale, di denunciarlo al capo del partito fascista di zona, e quello se ne andava in giro a rubare cartoline perché aveva nostalgia del posto da cui era stato sradicato. La cosa sembrava incredibile, ma il fatto è che, quando stava a Napoli, Ciru' non sapeva neanche cosa fosse la campagna tanto che, immediatamente dietro casa sua, la terra da costa si inerpica in collina. Enormi blocchi di roccia gialla spuntano fuori quasi all'improvviso in quella città irregolare, grandiosa e unica, piena di gente e piena di palazzoni di ogni epoca. Ciru' aveva vissuto di tutto questo e di attese del caldo, dell'estate e di potersi tuffare dagli scogli o da un molo o dal castello che, diceva, sta proprio in mezzo al mare. Incredibile, scoprivo, parlando con lui, che esistono città che hanno castelli e palazzi quasi circondati dal mare. Chi lo avrebbe mai detto. Sembrava una favola dalle mille e una notte e invece Ciru' raccontava che c'è addirittura un posto, a Napoli, lontano e un po' nascosto, con un palazzo diroccato a ridosso del mare, lo chiamano il palazzo degli Spiriti. Ne rimane in piedi solo una parete esterna scarna e consumata con una serie di archi smunti e lì, scugnizzi temerari come lui si arrampicano pericolosamente e si tuffano nel mare cristallino di sotto con un salto di almeno cinque metri. E' mai possibile che esistano luoghi del genere e uno li debba lasciare per venire a rubare le cartoline qui?

Mentre lo ascoltavo parlare, stupefatto e affascinato, mi venne fuori quella frase che evidentemente non passò neanche dal cervello, ma scaturì da quel posto dell'anima di ognuno di noi dove è parcheggiata la meraviglia, perché, non ricordo di averla mai veramente pensata.

"Una bicicletta dovevi rubare, altro che una semplice cartolina".
Disorientato e dubbioso, Ciru' non osò chiedere. Il vento calò, tornammo insieme verso la cascina ed eravamo già *Cü e camiša*.

Quando cominciarono a inondare le risaie di lì a qualche settimana, Ciru' lo capì da solo, perché gli serviva una bicicletta. La piatta, secca e insulsa terra della pianura si andava trasformando in una specie di mare disegnato su un foglio di quaderno a quadretti, su cui si riflettono gli edifici dove vive la gente del campo; niente altro che impassibili e silenziose isole senza reti né pescatori. Era comunque un genere di bellezza, come dire, troppo dilatata per Ciru', ovvio, ma ciò nonostante cominciò ad apprezzarla, dopotutto sempre di acqua si trattava. E si trattava, per lui come per me, anche di rifuggire, finche' possibile, a progetti prestabiliti a cui eravamo, inevitabilmente e precocemente destinati. Lui sarebbe diventato un meccanico e io un contadino. Ovvero, lo sarei diventato sicuramente, se non avessi conosciuto a Ciru' che mi fece venire la voglia di vedere il mondo, se non fosse successo quello che poi purtroppo capitò.

Quella mia frase, "rubare una bicicletta", detta senza un apparente motivo, maturò un senso tutto suo e si trasformò col passare dei giorni in un vero e proprio temerario progetto.

La prima volta uno non se la scorda mai. Questo vale anche quando si tratta di rubare biciclette, attività che poi, dopo la guerra, divenne pure una specie di mestiere cinematografico, pensa un po', ma noi, comunque, non lo facevano mica per vera disperazione. Sapevamo che era rischioso e che era necessario prendere delle precauzioni. Ad esempio, rubare nella zona dove ti conoscono tutti non è indicato e così, con Ciru' che si segnava il culo sulla canna, arrivammo quasi a varcare il confine invisibile delle odierne province di Novara e Vercelli per arrivare in un paesino che si chiama Orfengo.

"Te tocca a ti Ciru'!" Gli dissi, anche perché era senza dubbio più bravo di me all'atto pratico, ma il piano lo avevo progettato io.

Come dire, lui era il braccio e io la mente. Per entrambe le cose ci vuole talento e noi eravamo una coppia ben assortita.

In un punto dove la strada disegna una curva, con la cupola di San Gaudenzio che si scorge in lontananza, c'era, anzi, c'è ancora, un edificio con una grande scritta del regime a caratteri cubitali. Proprio sotto, appoggiata al muro era appena stata parcheggiata una favolosa Melani Ballonetto Contropedale Color bronzo oro con tanto di fanali, dinamo, carter copricatena e sellino ammortizzato marca Piemonte. Le assemblava un artigiano di Torino, quelle meravigliose biciclette, nel quartiere di Barriera, la *Bariera dl' Emme* e questa, purtroppo, era finita sotto il culo di un pezzo grosso del partito. Era il padrone non solo della bicicletta ma anche di parecchie altre cose lì in zona, ma a vederlo sembrava poco più che un comune paesano, che camminava però a testa alta, spavaldo. Dopo aver lasciata incustodita la Melani, si diresse verso un gruppo di persone ferme a parlare poco più avanti. Ciru' gli passò di fianco, lo guardò fisso negli occhi e gli fece pure un cenno di saluto con la testa, vagamente confidenziale. L'altro, sorpreso e schifato, gli rivolse solo uno sguardo sprezzante. Ciru' in quell'attimo non ebbe più dubbi, il tipo era un vero stronzo e a maggior ragione meritava di essere derubato. Quando fu a portata della Melani, alzò lo sguardo sulla scritta sul muro sopra la bicicletta, lesse ad alta voce la parola *"DUCE"* e aggiunse, *"ma piglialo 'n culo tu e isso"*. Lo aspettavo alla fine della curva e me lo vidi sfrecciare davanti come uno specialista di gare a cronometro. Caspita se andava forte!

"Ciru', ma tu dove hai imparato ad andare in bicicletta?" Gli urlavo dietro. *"Curre Strunz, che qua se ci acchiappano ci fanno il culo a tarallo"*. Non sapevo come fosse fatto un tarallo, ma andai a fiducia.

Insieme abbiamo battuto tutto il territorio della provincia, varcando le colline per arrivare in Valsesia da una parte e dall'altra fino al Lago d'Orta e infine riuscimmo anche ad aggirare il Mottarone per arrivare al Lago Maggiore.

Un po' alla volta ci scordammo la via di casa e, nel nostro vagabondaggio a pedali, sparivamo anche per giorni, per la disperazione, iniziale, solo iniziale, delle nostre famiglie. In realtà quelli reclamavano il nostro aiuto nei campi e nell'officina, ma non avendo l'incombenza di doverci sfamare, visto che ci arrangiavamo da soli, le loro minacce divennero col tempo meno pressanti.

Il vero territorio che stavamo esplorando si chiamava libertà e la pianura ne era solo un tramite. Ciò non toglie che se hai la pazienza di viverla, la pianura, adattandoti ai suoi tempi, lei ti ripaga con tante piccole meraviglie. Non è una mitragliatrice inossidabile di colori e di luci: questa terra è parca di emozioni, ma non ne è affatto priva. Se ne accorse il mio amico che, pedalando contromano oltre Caltignaga e seguendo con lo sguardo una caparbia linea di fulgidi papaveri rossi sul ciglio della strada, spostò lo sguardo verso uno specchio d'acqua più esteso e gli capitò di vedere una montagna immersa nell'acqua. Pensò a un Vesuvio invertito e si dovette fermare, perché la nostalgia gli fece mancare il respiro.

Quella risaia era in grado di far riverberare l'intero Monte Rosa in tutta la sua grandiosità e bellezza, ma l'immagine era disturbata dalle onde provocate dallo zampettio di diversi aironi cinerini.

"Che so' sti augielli? Da dove vengono?" Chiese il mio amico.

"Sono emigrati qua, dai paesi del sud. Terroni anca loro". Proprio così, due specie migratorie, che per volere o per forza, il destino aveva deciso di trapiantare proprio in quelle terre.

"Si, ma questi non le tengono le biciclette e non gliene fotte proprio niente visto che sanno volare. C'avessimo imparare pure noi..." sentenziò Ciru'.

Insomma, si stava un po' allargando, il mio amico. Un conto è rubare biciclette, un altro imparare a volare. A meno che non stesse parlando in senso figurato, ma Ciru', che io ricordi, non era tipo da metafore o cose del genere.

La verità è che, quando non sei più radicato a un posto, poi senti come di averci l'aria sotto ai piedi e così rischi di farti portare via dal vento. Sbandi pericolosamente. Ecco. E poi, anche la gioventù, la libertà e gli ormoni ti possono far deragliare pericolosamente.

Questa cosa qui, l'ho capita poi col tempo, quando sono andato via, ma all'epoca ero sempre *Sgiù d'aria,* disorientato, e pensavo che quel mio amico o *el ghera un mat* completo oppure che magari era una strana specie di poeta inconsapevole. Però, se era matto, allora eravamo in due.

A settembre, nei poderi dove ancora non usavano trattori e macchine agricole per la raccolta del riso, arrivarono le donne e cominciò il nostro tour al seguito delle mondine.

Bisognava nascondere bene le biciclette, mimetizzarsi in un punto strategico, osservare i corpi semi scoperti e immaginare tutto il resto per ottenere l'effetto desiderato e l'effetto desiderato era una masturbazione come Dio comanda. Tenersi sempre alla distanza giusta. Non farsi vedere. Non farsi riconoscere in mezzo ai campi e continuare a seguire il peregrinare dei gruppi. E poi poteva capitare di incrociare le donne per strada e magari ci scappava un sorriso e qualche innocente scambio di sguardi. Uno di questi, dalle parti di cascina Graziosa, ebbe conseguenze catastrofiche.

Elisa la Bionda, così la chiamavano tutti, era bella, ma *la ghera anca pü* grande di noi e c'aveva pure *il moroso*. Tanto bella e piena di curve talmente pericolose, che pensavo, che non era giusto che lavorasse nei campi. Era impossibile non indovinare la forma perfetta dei suoi seni appuntiti sotto la camicia leggermente scollata. Le sue cosce invece non le dovevi disegnare mentalmente perché, libere e nude sotto i pantaloncini corti, si vedevano benissimo ed erano, con la forma soda e regolare del culo, un insieme di tutto rispetto. In poche parole, Elisa la bionda era una specie di capolavoro statuario.

Che poi i capelli neanche riuscivamo a vederli mai, dato che erano sempre nascosti sotto il fazzoletto che le copriva il capo. Però si capiva da tante cose, che era bionda o forse era uno di quei miti, una leggenda di cui tutti parlano e tu ti convinci che è proprio così. Boh.

Ciru' ne aveva viste poche, di bionde, e rimase folgorato già solo all'idea. *"Uè Strunz,* - diceva- *ma pure a te ti piglia una cosa nello stomaco quando la guardi? Aspe' non è proprio così. È come una vampata di calore che comincia dagli occhi e poi t'abbrucia tutta la faccia e piano piano se ne scende dentro la panza e te leva pure la fame, poi scende dentro i calzoni e, improvvisamente, s' intosta tutta la situazione.*

Se non altro era un buon rimedio contro la scarsità di cibo, tutto questo correre dietro alle donne, ma tra digiuno, pedalate, notti passate all'aperto e le seghe che ci facevamo, eravamo diventati entrambi scheletrici e debolucci.

Purtroppo Elisa, quando la notammo insieme alle altre mondariso, lavorava non lontano da dove avevamo rubato la bicicletta e in quella zona ci restammo troppo a lungo.

Si fa presto a dire chi dice donna dice danno, ma lei non c'aveva mica colpa se poi la gente parla e la voce si sparge e corre di campo in campo come un Tam Tam nella giungla e si viene a sapere che c'è un ragazzo quasi negro e un suo amico che in bicicletta si aggirano per le cascine a spiare le mondine.

Mi, gho mia problemi a dirlo, io prima di incontrare Ciru', anzi prima di incontrare 'a Ciru', pensavo…anzi quasi non pensavo a niente. Meno che meno alla politica. La politica. Mai avrei pensato di mettermi contro l'autorità costituita e infatti non ero preparato, quando ci vennero a prendere quattro camicie nere e il pezzo grosso, lo stronzo a cui avevamo sottratto la Melani.

Non li vedemmo arrivare, non ce lo aspettavamo, non avremmo mai pensato e mai immaginato che a qualcuno potesse anche solo venire in mente di usare tutta quella sadica e spropositata violenza su un ragazzino.

È solo allora lo ebbi chiaro in mente, anche se non sapevo niente di politica, che quella autorità costituita era infinitamente più criminale di quanto lo fossimo stati noi.

A me non riuscirono a dare neanche uno schiaffo, riuscii a scappare, ma mi ammazzarono sul nascere una lunga serie di certezze e di cose belle che mi stavano crescendo dentro proprio in quei giorni che avevo incontrato il mio amico quasi negro e mi rimase un buco profondo e terrificante nella testa e nel cuore, che ho immediatamente pensato di colmare con tutto l'odio che ero capace di immaginare. Perché a Ciru', invece, lo uccisero dentro e fuori a forza di calci e pugni e poi lo lasciarono esanime in mezzo alle risaie. Sapete qual è la cosa più assurda? È che si raccontava in giro che fosse annegato. Così la voce passò di bocca in bocca. Un ragazzo che pensava di essere imparentato con i pesci sarebbe morto annegato in quaranta centimetri d'acqua. È proprio vero che più le dici grosse e più diventano credibili, le bugie. Così faceva, sistematicamente, quell'autorità costituita.

Mi gho mia problemi a dirlo, quando so' anda' in montagna non ho fatto niente di particolare. *Son sta'* il partigiano più inutile che si sia mai visto e la mia carriera da patriota è stata una cosa alquanto ridicola. Mai partecipato a una azione, nessun gesto eroico, non ho mai ucciso nessun fascista, nessun nemico. Mai. *Mi ghero* troppo giovane, incapace e imbranato. Non mi diedero nemmeno un'arma. Però lavoravo, aiutavo nei lavori più umili e, quando mi lasciavano, andavo in bicicletta da una valle all' altra a portare messaggi segreti e ordini alle diverse bande nascoste su per i monti. Dicono che era comunque un compito importante e pericoloso, ma per me era un gioco da ragazzi.

L'unica cosa che mi rese veramente famoso tra i partigiani era il singolare nome di battaglia con cui mi presentavo, ovvero *Strünz*, e per via del quale tutti mi conoscevano come *El tedesc*!

E meno male che nella mia brigata non c'era neanche un napoletano!

BIVIO

Sembra assurdo, ma durante il briefing operativo il nome del sospettato non mi suonò neanche lontanamente familiare. Succede. Informazioni che passano al cervello, ma che per pigrizia mentale o distrazione cronica non vengono elaborate nel giusto modo. Non è mica una novità. Sono scollegato. Faccio una fatica incredibile a restare concentrato e presente a me stesso. Non fosse altro che per evitare figure di merda in questo ambiente, dove non si fa altro che addossare colpe al primo malcapitato di turno. Si può dire che c'è una grossa domanda di capri espiatori a buon mercato e quando torno a casa sono sempre sfinito, anche dopo giornate di regolare amministrazione. È sempre stato così da quando faccio questo lavoro, va peggiorando col tempo e non so cosa farci. Nonostante questo, non penso di essere un imbecille completo e neanche un cattivo poliziotto. Anzi.

"Lamberti Francesco" 36 anni, biondo, occhi azzurri, altezza media e nessun segno particolare. Tossico. Sospettato dell'omicidio di Giuseppe Russo, un usuraio abbastanza noto in zona. Attenzione, il Lamberti potrebbe essere armato e pericoloso, soprattutto se sotto effetto di stupefacenti. Voglio sei operativi, tutti in borghese, in tre auto compresa la mia. Agiamo subito, senza fare casino. Andiamo a prenderlo a casa di sua madre, nel palazzo dello Spagnolo alla Sanità. Avete domande?"

"Ma che, niente niente, ci andiamo a girare una fiction, nella Sanità"?

Il mio collega Tonino Sepe suscitò l'ilarità generale tra i presenti, con questa battuta dai tempi comici perfetti. In me, invece, suscitò invidia.

Non appena smisero le risate, un giovane ed esile agente, nascosto in un angolo in fondo alla sala, alzò timidamente la mano e l'ispettore capo Bisceglie Carlo, lo invitò a parlare tradendo un certo fastidio. Il ragazzo voleva sapere chi ci abitava, in quel palazzo, oltre alla madre del sospettato; insomma che rischi correvamo con i vicini e con l'ambiente di contorno.

"Voi fate meno rumore possibile e problemi non ce ne saranno" si sentì rispondere. *"Portiamo la bionda in commissariato e ce ne andiamo tutti a casa presto, oggi. Andiamo".*

Non aveva mica detto una minchiata, il ragazzo. Succede spesso che poi ci si ritrova a doversi difendere dalla gente dei vicoli, che quando sentono puzza di sbirri rivoltano tutto il quartiere. Per questo motivo, in certi casi ci mandano quelli della Digos, bardati per le operazioni speciali con le camionette e tutto il resto, ma questo vuol dire dichiarare guerra. Quando la situazione lo consente, come per i pesci piccoli, meglio operare quasi senza esser notati ed evitare scontri. Detto questo, anche Tonino aveva ragione. Effettivamente, nel palazzo dello Spagnolo alla Sanità, ultimamente è più facile incontrare una troupe televisiva che un camorrista. Che mestiere del cazzo, che mi sono scelto.

Neanche il fatto che l'ispettore avesse stranamente pronunciato la parola "*bionda*" mi fece riflettere a fondo, proprio come se avessi avuto la testa sott'acqua. Ci volle una combinazione di fattori e un'associazione di concetti tra loro assolutamente scollegati, a farmi svegliare dal mio torpore.

Il mio collega comico fece una smorfia teatrale, per sottolineare che non ci, gli, lasciavano neanche il tempo di andare a bere un caffè. Lui va in un bar vicino al commissariato Napoli Dante almeno una decina di volte al giorno, da quando al banco serve una avvenente ragazza dell'est coi capelli chiari e un bel paio di zizze. Ovviamente, Tonino non ci pensa neanche lontanamente a nascondere i dettagli più delicati del nostro lavoro, anzi parla quasi sempre con enfasi e ad alta voce per attirare l'attenzione della ragazza. Il mio collega guitto, evidentemente ha sbagliato palazzo in via Tarsia e sarebbe stato più adatto per qualche spettacolino al teatro Bracco, lì a pochi metri. In ogni caso, il fatto che siamo poliziotti in borghese è, manco a dirlo, un segreto di pulcinella tra Montesanto, Pignasecca, piazza Dante e, probabilmente, anche oltre via Port'Alba.

Immerso in questi pensieri, mi ritrovai già in auto con Tonino alla guida; fece un giro incomprensibile, perse il contatto con le altre due auto e si infilò in vicolo Soriano, una parallela di via Toledo all'altezza di piazza Dante. Normalmente il nome del vicolo fa pensare a un gatto, ma a me venne in mente lo scrittore argentino e un suo mirabile racconto "*il rigore più lungo del mondo*". Guarda caso, anche in quella storia c'entrava una bionda: *la rubia Pereyra* di cui era innamorato il portiere che doveva parare il famoso rigore. Fantastico. Non riuscii a trattenere un sorriso pensandoci e girai la faccia verso il finestrino per paura che Tonino mi prendesse per scemo.

Pensai a quanto mi irritavano le sue battute e quella sua insulsa e isterica risatina da checca e all'improvviso, finalmente, ebbi una specie di epifania, sulla parola checca. Lamberti, Rione Sanità, palazzo dello spagnolo, Bionda del bar, la bionda del racconto, la bionda dell'ispettore… checca, bionda...

"Cazzo ma stiamo andando a prendere a Checco 'a bionda, il mio compagno delle superiori!" Dissi all'improvviso ad alta voce.

"Uanema - rispose Tonino guardandomi con un'espressione ironica tipo "scetateve guagliune 'e malavita" - *tu veramente fai? Questo veniva a scuola con te e c'hai messo tutto questo tempo per accorgertene?"* Altra risatina isterica da checca.

In questa specie di acquario dove nuoto in solitaria da quando ho iniziato a lasciarmi vivere addosso, mi capita spesso di non ricordare nulla di cose appena successe, ma in compenso di richiamare alla mente anche dettagli insignificanti di vicende risalenti al mio passato più remoto. Qualcuno dice che è un segno dell'età che avanza, ma io penso sia un'attitudine tutta mia. Ce l'ho da sempre. Ad esempio, sembra incredibile, ma il mio primo ricordo in assoluto ha a che fare con un funerale, quando avevo solo due anni. Bel modo di cominciare. Pare che i dati che registriamo nella nostra memoria siano tanto più vividi quanto più siano i legami fra i vari elementi che li costituiscono. Vai a sapere come mette insieme questi fatti, il mio cervello e come tira fuori all'improvviso queste storie dai cassetti più reconditi della memoria, partendo da particolari minimi. Quindi, improvvisamente, tornò tutto.

Francesco Lamberti detto *"Checco 'a bionda"*! E chi cazzo se lo ricordava il vero nome, con questa mania che abbiamo noi di chiamare le persone con nomignoli ed epiteti, nicknames diremmo oggi. Assolutamente surreale. Non saprei dire se anche in questo Napoli è veramente la città più Sudamerica d'Italia o è il Sudamerica che assomiglia troppo a Napoli; nomignolo poi, sia in spagnolo che in portoghese, si traduce con "*adopo*", un falso amico subdolo e strisciante che in italiano ha tutt'altro significato. E questo vale per dare un esempio delle mie divagazioni e delle assurde associazioni di idee in cui mi perdo spesso, assentandomi completamente anche nei momenti meno indicati. Nemmeno quest'altra mia caratteristica, peraltro, è recente, ai tempi della "Bionda", a me valse l'appellativo di "*Luca 'o filosofo*"!

Francesco, che spiccava per il colore della sua capigliatura fra la maggioranza di cape nere, approdò nella mia classe al quarto anno dell'istituto tecnico industriale, quando unirono due sezioni di elettronica. Precedentemente lo conoscevo solo di vista, mi era sempre stato indifferente e credo che la cosa fosse reciproca. Non ci siamo mai veramente interessati l'uno a l'altro fino a quando, per puro caso, non scoprimmo di avere gli stessi gusti musicali, ma anche e soprattutto un reciproco e discreto interesse per la poesia e la letteratura in generale. Diventammo buoni amici per qualche tempo, fino a quando le nostre strade non si divisero, non ricordo neanche più bene perché né come. Non capisco dove sono stato, in tutti questi anni, alla deriva in una specie di sonno dove annegano i sogni che, poi si vede, ritornano sotto altre, incontrollabili e strane forme, nelle mie repentine assenze. La scuola per noi era solo un grande accumulatore di noia allo stato puro. Noia mortale, ma avevamo entrambi lo stesso atipico fuoco dentro, che accendeva la curiosità per la musica rock, la poesia di certi *maudit*, l'arte in generale o la bellezza in senso più esteso. Questo, di conseguenza, ci dava qualche vantaggio nello studio delle materie umanistiche, in quell' istituto dove gli studenti si iscrivono per imparare tutt'altra roba.

A chi verrebbe in mente di interessarsi a poesie o testi ripetuti inutilmente a memoria e senza mai capirci una mazza per un esame o una interrogazione?

Il fatto è che la bellezza, con il suo fascino indiscreto, può irretire chiunque. Non la sapevamo definire quella cosa, io e Checco, ma sapevamo che faceva da isolante tra noi e tutto quell' orizzonte di morte e violenza, di degrado e abbandono di cui sembrava intrisa la realtà in cui eravamo immersi. Di fatto eravamo come dei condensatori umani e un dielettrico, un isolante, per l'appunto, per quanto potente, rischia sempre di rompersi e provocare una potente scarica. A ogni modo, la musica era il nostro appiglio per sopravvivere in quel labirinto di sentimenti e idee contorte e contraddittorie che scuoteva allora le nostre giovani esistenze.

In effetti avevamo dovuto fare delle scelte quando era troppo presto e, per quanto riguarda me, avevo intrapreso un percorso scolastico che non c'entrava un cazzo con le mie effettive attitudini, ma l'imperativo per molti di noi era imparare un mestiere e, in linea puramente teorica, le scuole tecniche ci avrebbero introdotto direttamente nel mondo del lavoro.

Non fosse che qua di lavoro ce ne sta sempre meno e io con quel risicato e sofferto diploma non ci ho mai combinato una mazza. Così andò a finire che feci il concorso in polizia.

Remember when you were young
You shone like the sun

Abitavo al Materdei e raggiungere o tornare dalla scuola significava compiere un lungo e sfiancante viaggio giornaliero tra i quartieri della città.

A Napoli non è mai uno spasso prendere i mezzi pubblici, e tantomeno lo era quando non c'era ancora la metropolitana. Come se non bastasse, la città era inguardabile, a quei tempi. Cupa, buia, sfregiata dal terremoto, dalla droga e dagli omicidi di camorra. Se da una parte mi faceva orrore e voglia di scappare perché sembrava il set di un film sui morti viventi, dall'altra mi sorprendeva, mi inorgogliva e alimentava il mio senso di appartenenza, con quella sua capacità unica di sopravvivere a qualsiasi catastrofe, grazie alla sua infinita poesia, all'ironia superlativa della sua gente e alla sua sconfinata ricchezza di cultura, anche e soprattutto musicale. Checco, al ritorno verso casa, saliva spesso sul mio stesso autobus, ma scendeva prima, mentre io proseguivo per un altro piccolo pezzo in salita, verso i rioni alti. I nostri scambi di opinioni sulle reciproche passioni musicali e letterarie avvenivano soprattutto durante quel tragitto e qualche volta anche nel suo territorio, dove in quel breve periodo divenni pian piano un elemento esterno, ma assimilato.

La Sanità è un rione storico, edificato in un vallone e scavato nel tufo. Se c'è un posto in città dove si magnifica quel naturale e antico legame tra il popolo napoletano e la morte, quello è la Sanità, con i suoi cimiteri, le catacombe e le ossa dei morti sepolti per le pestilenze dei secoli passati. Un luogo perfetto per miti e leggende dell'orrore, ma il vero orrore, quando io ero ragazzo, non aveva a che fare con il soprannaturale. Il rione è tornato di moda, ma certi meccanismi non sono cambiati e non è certo lo Stato ad avere il reale controllo della zona, ma almeno adesso ci provano. Sembra quasi irreale vedere i turisti camminare per questi vicoli. Ci sono i disegni sui muri per ricordare Totò. Insomma, pare proprio che il comune e i beni culturali abbiano finalmente riscoperto la bellezza e l'unicità della Sanità che, per tanto tempo, è stato soltanto un posto da evitare per chi non vi era nato.

Now there's a look in your eyes
Like black holes in the sky

Non appena Tonino tornò in piazza Dante, proseguimmo per via Enrico Pessina e io ripensai alle mie lunghe chiacchierate utopiche con il mio vecchio amico. L'auto girò a destra al Museo e percepii inconsciamente quel movimento come un errore. Inizialmente pensai che dipendesse dal fatto che nella direzione opposta saremmo saliti verso Materdei, la strada che percorrevo per tornare a casa da giovane. Poi mi accorsi, che nell'uno o nell'altro caso, avremmo evitato il ponte che passa sopra il Rione che conduce alla collina di Capodichino; quello che da secoli ormai isola la Sanità dal resto della città. Una sensazione indecifrabile mi fece pensare che sarebbe stato meglio bypassare il rione, prendendo la direzione del ponte invece che entrarci dentro; quasi un presentimento. Mentre Piazza Cávour sfilava oltre il gomito di Tonino appoggiato sul finestrino, pensai a quest'altra assurda attitudine che abbiamo noi napoletani. Cambiamo continuamente tutti gli accenti tonici delle parole più comuni in italiano, spostandoli sulla sillaba finale così che, ad esempio, ínter diventa Intér e Júventus diventa Juventús eccetera, mentre in Cavoúr in cui l'accento si trova già al posto preferito dai noi partenopei, per sfregio glielo spostiamo sulla prima sillaba. Quel piemontese però, a dire il vero, un po' se lo merita.

Una volta entrati nel rione e aver fatto qualche gimcana tra vicoli, passanti e bancarelle, bastò proseguire per Via Vergini e il portone del palazzo si intravide già sul lato sinistro, pochi metri più avanti; però ci fermammo prima perché arrivò la conferma che, in effetti, qualcosa avevamo sbagliato, ma non io e Sepe.

Quella specie di premonizione di poco prima si materializzò con mio raccapriccio davanti ai nostri occhi. Nonostante le raccomandazioni dell'ispettore capo Bisceglie Carlo, i nostri colleghi che ci avevano preceduto avevano fatto troppa *ammuina*, si erano fatti subito sgamare e avevano dovuto battere in ritirata, scappando via con le macchine senza neanche avvisarci. L'ingresso del palazzo e il marciapiedi antistante si andavano popolando di curiosi.

"Ma che è stato né? Che è successo?" Poi urla minacciose e qualche faccia poco raccomandabile.

"'e sbirri...sti piezzi 'e mmerde."

Per nostra fortuna ci fermammo, senza dare nell'occhio, molto prima del palazzo in un punto della strada che conoscevo abbastanza bene un tempo.

La tensione era alta e sentivo il sangue pompare fortemente alla testa, ma riuscimmo a restare calmi e tranquilli in auto senza essere notati; o quasi. Mi voltai verso il mio finestrino e vidi un ragazzino che, fermo di fronte alla nostra auto, seguiva tutte le nostre mosse.

L'agitazione andò scemando, ma la situazione era ancora complicata ed eravamo indecisi sul da farsi. Il ragazzino poteva essere una minaccia, ma per ora non succedeva nulla.

"Cazzo" esplose Tonino *"Avimme fatto zitte zitte 'mmiezzo 'o mercato. Qua, sempre che prima non ci pigliano pure a mazzate, si fa tardi oggi e io neanche un caffè sono riuscito a prendermi "*.

Stufo delle lamentele di Tonino decisi che era arrivato il momento di prenderlo un po' per il culo e allo stesso tempo trovare una via d'uscita da quella situazione. Gli proposi di scendere a bere un caffè in un bar lì a due passi. Mi guardò stranito senza rispondere, come per dire *"ma tu si' proprio scemo"*.

"Allora te lo faccio portare", dissi per rincarare la dose e chiamai il ragazzino che ci stava fissando.

You were caught in the crossfire of childhood and stardom

"Guagliò. Ti vuoi guadagnare una mazzetta? Porta nu' cafè da quel bar per l'amico mio, va."

La faccia di Tonino divenne di tonalità indefinibili; sorpreso, non riusciva a trovare un modo per tenermi a bada.

Lo scugnizzo fece un cenno all'insù con il capo e un suono eloquente con labbra e lingua, per dire no. Pensai fosse già finito il mio momento di gloria, insieme a tutte le mie risorse per risolvere la situazione. Invece, boh, si vede che la paura e tutto quel movimento avevano immesso in circolo abbastanza chimica da farmi stare sveglio e presente a me stesso. Così ripresi:

"Uanema, e come mai? Non ti servono i soldi?"

"No perché voi a me mi sembrate due sbirri. Che siete venuti ad arrestare a qualcuno?"

"Azz. E come ti è venuta in mente 'sta strunzata?" Cercai di essere il più convincente possibile, mentre mi domandavo *"ma che cazzo, c'è l'ho scritto in fronte che faccio il poliziotto?"*.

Poi già che ero in vena di audaci improvvisazioni:

"Guagliuncie' guarda che io sono un amico di Checco 'a bionda. Anzi, Se lo vedi, digli che lo cerca Luca 'o filosofo"

"Ma che fai? Che dici?" - intervenne Tonino Sepe- "chi cazzo è questo filosofo?"

Il ragazzo valutò la cosa, si alzò, prese i soldi che gli stavo offrendo, entrò nel bar e poco dopo tornò con il caffè per il mio collega.

"Il barista dice che ti conosce e che sei uno di Materdei che non si vede qui da anni. Vacci a parlare."

Non mi sorpresi più di tanto. In qualche modo ci speravo e il ragazzo finalmente sparì dalla circolazione.

Tonino mi guardava esterrefatto senza dire una parola. Mi compiacevo con sottile perfidia di quella situazione, del fatto che il mio collega era completamente smarrito, ma poi mi accorsi che era come assistere a certe pause innaturali in teatro che invece andrebbero colmate con qualcosa. Allora visto che ci avevo preso gusto a sorprenderlo, quel giorno, rincarai la dose:

"Checco 'a bionda mi deve ancora restituire un LP dei Pink Floyd che gli ho prestato più di venti anni fa. Doveva ridarmelo dopo una settimana e invece se l'è tenuto."

"Buona idea" si riprese improvvisamente Tonino *"Entriamo a casa della madre con la scusa di farci restituire il disco e lo arre-*

stiamo. Tanto mica c'è la prescrizione per chi si fotte i dischi dei Pink Floyd degli amici? O no?"

Il guaio dell'ironia e delle battute del mio collega è che, per quanto io non le sopporti, a volte colpiscono nel segno dalle angolazioni più assurde.

Quindi decisi che avrei chiamato l'ispettore, per dirgli di stare tranquilli e di sparire dalla zona, perché a Checco ci avremmo pensato noi e che la cosa si sarebbe risolta in qualche modo senza fare casino. Prima però dovevo parlare con il barista.

Threatened by shadows at night
And exposed in the light

Don Salvatore, il gestore del bar, era molto invecchiato, dall'ultima volta che lo avevo visto. I capelli increspati e i baffi alla messicana ora lo facevano sembrare un vecchio *mariachi* ingrigito dal tempo. Rughe profonde segnavano il contorno degli occhi, ma nell'insieme era ancora quel pezzo d'uomo enorme con le spalle a forma di armadio a due ante che una volta ci fece una gran cazziatone perché era chiaro che ci facevamo le canne, io e Checco, e che compravamo il fumo dagli spacciatori agli angoli del quartiere.

Lui sapeva, e sa ancora, tutto quello che succede nel rione. Si sa che baristi e barbieri sono le orecchie dei vicoli, ma in fondo è quello che tocca fare a un brav' uomo intento a fare acrobazie nel posto più complicato e pieno di imprevisti che si possa immaginare. È una specie di matematico popolare che deve calcolare rischi, pericoli, fatti possibili, probabili e rispettive conseguenze. Usa ogni singola parola pesandone il valore con un'antica e collaudata bilancia invisibile, estremamente precisa e tarata finemente sulle condizioni ambientali in cui opera, e quindi parla, solitamente, molto poco. Non quel giorno, però, in mia presenza.

Quando entrai nel bar, mi parve di essere in uno spaghetti western. Attraversata la porta, incrociai lo sguardo del vecchio barista, con un accenno di saluto. Mi guardai intorno con la coda dell'occhio; non c'era nessuno oltre a me, a lui e all'altro barista, un ragazzino magro e, calcolai, certamente di fiducia. Silenzio. Don Salvatore, che fino a poco prima era intento a pulire il bancone con un vecchio panno da cucina, lo lanciò dietro di sé, verso la macchina del caffè, e disse al ragazzo del bar di prepararne due.

Venne verso di me, indicò un tavolino e mi fece cenno di sedermi in un angolo che, guarda caso, era lo stesso che occupavo nelle mie lunghe chiacchierate con Checco.

Don Salvatore in quella scena ci stava benissimo, con le sue pause e i movimenti studiati alla precisione. Cominciò a parlarmi, sedendosi di traverso su un angolo della sedia. Gambe allargate e palmo della mano sinistra appoggiato sul ginocchio. Rivolse lo sguardo in direzione di chissà quale orizzonte, ma si voltava e mi fissava negli occhi solo per sottolineare le cose più importanti.

"Guagliò, mi spieghi per quale cazzo di motivo hai deciso di fare lo sbirro?"

Non ce l'avevo, una risposta pronta. Solo una smorfia e un'alzata di spalle, che significava tutto e niente. Probabilmente più niente che tutto.

You reached for the secret too soon
You cried for the moon

Il ragazzo ci portò il caffè e si tolse subito di mezzo dopo aver indicato le bustine con lo zucchero sul tavolo.

"Grazie, lo bevo amaro", dissi.

"A faccio d' 'o cazzo! Caffè amaro. Né filosofo, ma tu sei sicuro di essere napoletano?

Seconda domanda a cui non sapevo come rispondere.

Don Pasqua', cosa le devo dire? Sono stato via da questa città. Lontano da Napoli ho preso altre abitudini. Quando me ne sono andato era come se fossi sempre rimasto qua e adesso che sono tornato è come se non fossi mai...mai presente.

Si proprio 'nu filosofo.

Il caffè va bevuto caldo, quando la tazza ancora scotta e allora alzai la mia e feci un cenno come per dire favorite. Il mio ospite fece lo stesso, guardandomi fisso negli occhi. Difficile reggere quello sguardo così interrogativo e penetrante. Sapevo che non dovevo sentirmi in soggezione, ma in quel momento ero senza risorse e spostai lo sguardo verso il mobilio e l'arredo del bar. Alcune cose erano state rimodernate; il bancone, la macchina, il colore dei muri, per quello che ricordavo, erano più moderni, ma la disposizione dei tavolini era la stessa. Un quadro di Maradona con l'aureola catturò la mia attenzione. Frequentavo quel bar quando Diego aveva appena iniziato il percorso che lo avrebbe portato alla santificazione a Napoli, facendoci vincere il primo storico scudetto.

All'epoca i muri erano tappezzati di fogli di giornali sportivi che ne esaltavano le gesta.

Come il Volto Santo del santuario dei Ponti Rossi, anche San Maradona mi ascoltava severo senza staccarmi gli occhi di dosso. Ci mancava solo lui a rendere la situazione ancora più complicata e incomoda.

Don Pasqua', voi lo sapete perché sono ritornato qua? Nel quartiere....

.....

La situazione però.... Insomma, avete visto l'ammuina fuori, poco fa?

Certo. Sienteme Luca, questo non è un racconto poliziesco, mi spiego. Qua c'è poco da capire. Siete venuti ad arrestare il tuo vecchio amico perché pensate che abbia ucciso a quella merda di usuraio.

In realtà...

Realtà, realtà ne vogliamo parlare? Io mi faccio i fatti miei e non voglio avere problemi, ma te lo dico lo stesso visto che non ci arrivi da solo. Qua o la polizia non c'ha capito un cazzo o si vuole liberare di un peso in fretta e furia. Avete trovato tutti il piecoro da sacrificare. Come si dice?

Piecoro? Volete dire il capro espiatorio?

Esatto. Ci siamo capiti. Non avete capito che forse state facendo pure un favore a qualcun altro?

A nulla valse spiegare che io con le indagini c'entravo poco o niente. "*Mi attengo agli ordini*" è la mia frase preferita per tirarmi fuori da tutte le situazioni che, come questa, rischiano di mettere a dura prova la mia coscienza. Checco, da quello che mi diceva Don Salvatore, non era neanche in grado di reggersi in piedi. Come avrebbe fatto a sparare e uccidere Giuseppe Russo, l'usuraio legato al malaffare locale, sparandogli da diversi metri di distanza?

Tutti sapevano, ma i camorristi di zona non si erano ancora vendicati uccidendo Checco? Effettivamente, i conti non tornavano e la cosa più incredibile di tutte era che a inchiodare il mio vecchio amico fossero dei testimoni. *'Uanema bella*, dei testimoni. Merce rara da queste parti. Testimoni che riferivano di aver visto sparare un tizio magro e dinoccolato, con la testa incappucciata e con addosso una felpa uguale a quella che di solito portava la bionda.

Guardai il barista negli occhi e, facendo uno sforzo sovrumano per sostenere il suo sguardo, gli dissi che in ogni caso Checco doveva andare in commissariato e ce lo dovevo portare io.

Vabbuo', tu aspetti qua. 'O guaglione lo facciamo venire al bar, adesso vediamo bene come. Il tuo collega invece deve spostarsi e andare ad aspettarvi con la macchina fuori dalla Sanità. Tu e Checco uscirete da dietro al bar e lo raggiungerete a piedi. Chest'è!

Non potevo fare altro che fidarmi. Dissi a Tonino di spostare la macchina. Di aspettarmi in via Foria, appena fuori dai vicoli. Tornai al bar a sedermi al tavolo. Ne approfittai per chiamare l'Ispettore spiegandogli la situazione. Fu una conversazione breve e, sebbene sorpreso, Bisceglie decise che le macchine potevano rientrare e che mi avrebbe aspettato nel suo ufficio. Poi rimasi in silenzio, in attesa che succedesse qualcosa e pensai a me, ai miei casini e al mio distacco, quasi costante, dalla vita. Pensai come in quel momento, invece, mi sentissi stranamente vivo e presente a me stesso. Pensai a quel posto e alla mia gioventù e a quel quartiere. Pensai alla situazione che stavo vivendo e mai per un solo momento pensai che fosse assurda perché tanto qua l'assurdità è di casa. Pensai, e non ne dubitai neanche per un momento, che di lì a poco Don Salvatore mi avrebbe fatto portare Checco così come mi aveva detto e che io non sapevo cosa cazzo gli avrei potuto dire dopo tutto quel tempo. Dato che, fino a poco prima, avevo completamente dimenticato la sua esistenza.

Well, you wore out your welcome with random precision
Rode on the steel breeze

Un fantasma incappucciato entrò dalla porta del bar. Una specie di scheletro coperto con una felpa e dei jeans tutti sdruciti. Un corpo che, a parte i vestiti, pareva quasi trasparente. La faccia sembrava quella di una *capuzzella* rubata dal cimitero delle Fontanelle. Questo era diventato Checco. Poi si sedette al tavolo, tolse il cappuccio e aveva ancora tutta la sua capigliatura riccia e bionda. Anche i suoi occhi erano ancora azzurri, scintillanti e profondi, ma si intuiva che quella profondità ora terminava in un posto vuoto e spaventoso. Mi guardò, riuscì anche a sorridere e io mi sentii morire.

Checco, t'arricuorde 'e me? Hai capito chi sono?

…….

Checco? Sono Luca. Luca di Materdei. 'o filosofo….

…uhm

Luca, so' Luca

Ho capito, sono tossico, mica scemo. Come non mi ricordo.

Incredibile. Parlava. Io pensavo fosse catatonico e invece era pure capace di scherzare. Mise le mani in tasca, scavò per qualche minuto per cercare qualcosa.

Ti ho portato una cassetta, il disco non me lo ricordo, che fine ha fatto. Forse me lo sono venduto. Boh! Però si sente bene. L'ho registrato con il Dolby.

Non ti preoccupare per l'elleppi.... Come stai, piuttosto?

Io? Io, tutto sommato, sto bbuono, per essere un tossico. Tu, invece, me pare l'aseno mmiezo e suone. Mi hanno detto che fai lo sbirro.... Non ci potevo credere.

Hai ragione Checco, non mi sento a mio agio da molto tempo, ma adesso sì. Adesso sono nel posto giusto momento giusto.

Tutto andò liscio. Checco uscì con me dal retro del bar. Ce ne andammo a braccetto fino alla macchina e nessuno ci notò. Tonino ci portò fino al commissariato Dante e io gli dissi che ci avrei pensato io a portarlo dall'ispettore capo Bisceglie Carlo. Tonino ne fu felice e se ne andò subito al bar a fare la corte alla bionda. Io, con la mia bionda a braccetto, entrai nell'ufficio e ci trovai un Bisceglie raggiante. Pronto ad arrestare Checco 'a bionda e ad archiviare il più presto possibile quella vicenda.

E bravo il nostro Luca... scusa, mi ricordi il tuo cognome, agente?

D'angelo

Bene. Me lo devo segnare che poi lo scrivo nel rapporto per l'arresto del qui presente Lamberti Francesco. Bene. Bene.

Permette ispettore, io non so se sia il caso di darsi la pena di scriverlo in fretta questo rapporto.

L'ispettore mi fulminò con lo sguardo.

Uh Gesù e perché mai? Cos'è questa novità?

Il sospettato non può essere colpevole dell'omicidio di Giuseppe Russo.

...in che senso?

Nel senso che ha un alibi.

Un alibi?

Proprio così. Era in compagnia di un'altra persona, la sera dell'omicidio.

Un'altra persona? E da dove salta fuori? Chi è?

Sono io.

Eh

Io e Checco 'a bionda siamo sempre stati insieme!

Come on, you raver, you seer of visions
Come on, you painter, you piper, you prisoner, and shine

SOMMARIO

Printed in Poland
by Amazon Fulfillment
Poland Sp. z o.o., Wrocław

25013569R00109